プシュケの涙
柴村 仁
イラスト／也
Tears of Psyche

翅を片方失った蝶は
地に堕ちるしかない
涙を流す理由も分からない私は
失った半身を求めて彷徨うだけ

Designed by Yoshihiko Kamabe

暑さ厳《きび》しい七月終わりのことだった。

よく覚えてる。

気温が上昇《じようしよう》していくばかりの午前。夏休みを迎えてひと気のない校舎に、僕を含《ふく》む三年三組の八人は集められた。期末試験の数IIで赤点を取ったために補習《ほしゆう》を喰《く》らった八人だった。担当教諭の馬淵《まぶち》は、うちの学校では堅物《かたぶつ》の代名詞みたいに言われていた。馬淵は定刻《ていこく》になると、世間話《せけんばなし》も前置きもなく、すぐさま補習を開始した。馬淵の半袖《はんそで》のワイシャツは、すでに腋《わき》の下や背中《せなか》に、汗《あせ》のしみが拡《ひろ》がっていた。

その日は、三日間予定の補習の、最終日だった。

クーラーも扇風機《せんぷうき》もない地獄《じごく》のように暑い教室に押《お》しこまれ、馬淵の平坦《へいたん》な声を延々《えんえん》聞かされ、苦手な数学の問題を押し付けられ、皆《みんな》、鬱々《うつうつ》としていた。汗でシャーペンを握《にぎ》る手が滑《すべ》り、腕《うで》の下に敷《し》いていた参考書のページが湿《しめ》った。いっそ居眠《いねむ》りしてしまえば楽には違《ちが》いないのだが、さすがの睡魔《すいま》もこの暑さでは鳴りを潜《ひそ》めるのだろうか、八人のうちの誰《だれ》もが眠《ねむ》りに落ちることもできず、しかし暑さで意識朦朧《いしきもうろう》としながら、拷問《ごうもん》のように問題が並《なら》ぶ数学のプリントに向かっていた。生気に満ちているのは、滝《たき》のような汗をかきながらも黒板に向かう馬淵教諭《きようゆ》だけだった。

この時間帯はいつも、窓《まど》から射《さ》しこむ陽光《ようこう》の反射《はんしゃ》で黒板の文字が見えなくなるため、教室の前半分のカーテンは閉められることになっていたが、出席番号順に席につくと、僕の席は列の一番後ろで、教室の後ろ半分にあたり、しかも一番窓側の列だったから、外の景色は拝《おが》み放題だった。開始からほどなくして授業への集中力を失った僕は、開け放たれた窓から外を見ていた。

よく覚えてる。

僕らの教室は三階なので、眺《なが》めはいい。風はなかった。地平線から不吉に膨《ふく》れ上《あ》がる積乱雲が、遠景のビル群《ぐん》に覆《おお》いかぶさらんばかりだった。人を殺しそうなほど強烈《きょうれつ》な直射《ちょくしゃ》日光に炙《あぶ》られて白く輝《かがや》く校庭に写る影《かげ》はどれも悪魔《あくま》のように黒い。狂《くる》ったような蟬《せみ》の喚《わめ》きに、馬淵の念仏みたいな声は溶《と》けこんでしまう。蟬の声も馬淵の声も、どちらも聴《き》く価値《かち》のないもののように思えた。僕の前の席に座《すわ》る旭《あさひ》というクラスメイトが、僕と同様に授業への集中力を欠落させて、校庭を見るでもなく見ていた。そのとき生ぬるい風が吹き、窓の向こうを――

××××××××った。

僕は×と××を×××××のだ。

そして――

ギャアッという声が教室に響《ひび》き渡《わた》った。僕が叫《さけ》んだのではない。叫んだのは僕の前に座る旭だった。

どうしたんだ。馬淵《まぶち》が不機嫌《ふきげん》そうに振《ふ》り返《かえ》った。

青褪《あおざ》める旭《あさひ》が窓《まど》を指差しながら答えた。……人が。

人？　困惑《こんわく》しきった表情で、馬淵が僕の顔を見た。何事かと振り返った他の生徒六人も、僕に視線《しせん》を注いだ。僕は何かのオモチャみたいにカクカク頷《うなず》いた。

ふざけて言っているのではないと判断《はんだん》した馬淵は窓に寄り、外を覗《のぞ》いた。視線《しせん》を下に向け、そしてアッと短く細い悲鳴を上げた。

君たちはここにいなさい。席についたままで。決して動かないように。そんなようなことを言って、顔を引《ひ》き攣《つ》らせた馬淵は教室を飛び出していった。しかし僕らがそんな言いつけを守るわけがなかった。八人全員立ち上がり、三階の窓から下を覗きこんだ。そして誰《だれ》もがゲッとかワッとか驚《おどろ》きの声を上げた。女生徒は甲高《かんだか》い悲鳴を上げた。しかし誰一人として目を背《そむ》けはしなかった。

僕らの教室の真下。校舎沿いの犬走《いぬばし》り、常緑《じょうりょく》低木の陰《かげ》、長い黒髪《くろかみ》を蜘蛛《くも》の巣《す》のように広げて、仰向《あおむ》けに倒《たお》れる女生徒が一人。目を見開いたその顔。女子の誰かが言った。……あれ、吉《よし》野《の》さんじゃない？

そう。それは確《たし》かに、吉野彼方《かなた》だった。

僕たちのクラスメイト。

先生、警察《けいさつ》、家族、好奇心《こうきしん》に駆《か》られた同級生——誰に尋《たず》ねられても、僕は「僕が話すべきこと」を素直《すなお》に克明《こくめい》に話した。矛盾《むじゅん》がないように。訊《き》く人が納得《なっとく》するように。そうするべきだったし、僕と同じ状況《じょうきょう》にある旭もきっと、同じようにふるまったことだろう。

1

自宅最寄りの駅から私鉄に乗りこみ、約二十分。ターミナル駅でJR線に乗《の》り換《か》え、約十五分。それが二年と数ヶ月続いている僕の通学パターン。

本来まだ夏休みなのだが、今日からクラスで全体練習があるので、登校する。九月初旬《しょじゅん》に開《かい》催《さい》される文化祭で、僕らのクラスは劇《げき》をやる予定だった。この時期の受験生がそんなことに時間を潰《つぶ》しててもいいのかという感じだが、うちの学校は運動会も遠足もやらない代わりに、文化祭が充実《じゅうじつ》していて、毎年、生徒のみならず先生たちもすごく力を入れていた。ただし、文化祭が終われば本格的な受験モードに入る——この文化祭は受験生《ぼくら》にとって、決戦に向かう前の最後の宴《うたげ》のようなものだった。

八月の終わりになっても暑さは未だ衰《おとろ》えず、人々はむしむしとした熱気の充満《じゅうまん》する駅構内《こうない》を息苦しそうに歩いていた。僕もそのうちの一人だった。汗《あせ》で背中《せなか》に張《は》り付《つ》くシャツを不快《ふかい》に思いながら目的のホームに向かって早足に進んでいたとき、声をかけられた。

「三年三組の榎戸川《えどがわ》？」

思わず振《ふ》り返《かえ》ると、僕の背後《はいご》に同年代の男が一人、立っていた。制服と校章から同じ学校の生徒と判明《はんめい》するものの、見知らぬ顔だった。

彼は怖《こわ》いくらいの真顔で自分の顔を指差し、低く抑《おさ》えた声で言った。

「前《さき》の副将軍《ふくしょうぐん》、水戸光圀公《みとみつくにこう》なるぞ」

突然《とつぜん》の事態《じたい》に僕は対応《たいおう》できず、唖然《あぜん》と彼の顔を見つめるしかなかった。

僕のこの反応《はんのう》を、彼はどう受け止めたものか。ふと相好《そうごう》を崩《くず》すと「冗談《じょうだん》だって」ケタケタ笑い、挙句《あげく》何を言うかと思えば「信じた？」

んなワケねぇだろ。

「俺、由良《ゆら》ってんだけど。八組の」

知らない。聞いたこともない名だった。

僕が黙《だま》っていると、由良は「ガッコまで一緒《いっしょ》に行こ」と人懐《ひとなつ》っこく言って歩き出した。

「……ちょっと待った」

「ん？」

「僕たちは、初対面……だよな？」

「うん」

「え、じゃあ……何？　僕になんか用？　それか、人違《ひとちが》いしてるとか……」

「いやいや」由良はひらりと掌《てのひら》を振った。「だって、あんただろ？」

「何が」

「吉野《よしの》彼方《かなた》が飛《と》び降《お》り自殺したところを目撃《もくげき》したのは」

心臓《しんぞう》から冷水が溢《あふ》れて、一瞬《いっしゅん》にして全身を巡《めぐ》った。

……こいつ、今、何を言った？

ホームへ降りる階段《かいだん》の手前だったが、僕は思わず足を止めた。

由良《ゆら》も足を止め——僕を振《ふ》り仰《あお》いで「あ、ちょっと」と目を丸くした。

途端《とたん》、僕は後ろから来た誰《だれ》かに、ドシンと強くぶつかられてしまった。なんとか踏《ふ》み止《とど》まるが、危《あや》うく階段を踏み外すところだった——僕の背中《せなか》にぶつかったのは、三人で連れ立った女子高生グループのうちの一人だった。制服から、うちの学校と同じ沿線《えんせん》にある女子校の生徒と分かる。僕にぶつかった娘《こ》は、不自然に濃《こ》い睫毛《まつげ》に縁取《ふちど》られた目で僕を睨《にら》み「邪魔《じゃま》なんだよボケ」と舌打《したう》ちした。

確《たし》かに非《ひ》があるのはこっちだし、堅苦《かたくる》しいことを言うつもりもないが、さすがに舌打ちはどうかと思うのだ。女子として、というより、人として。

すると由良は、次の瞬間《しゅんかん》、そんな彼女を上回る暴挙《ぼうきょ》に出た。

舌打ち女に向き直ると、駅構内《こうない》に響《ひび》き渡《わた》る大声で、吠《ほ》えたのだ。

「てめぇが人のケツの周りフラフラしてっからだろうが！　男一人分くらい機敏《きびん》に避《よ》けてみせろノロマ！」

ひどい暴言《ぼうげん》だった。言われた当人やその連れはおろか、通りすがりの人までもが驚愕《きょうがく》に目を剝《む》いて由良を見た。或《ある》いは、あえて直視《ちよくし》しないようにして足早に通り過ぎていった。その中の何人かは、由良本人ではなく、その連れである僕を、非難《ひなん》がましい目でチラ見していった。いたたまれない僕は、一瞬、他人のふりをしてこの場を立ち去ることさえ考えた。

凍《こお》りついた空気の中、当の由良だけは何事もなかったかのようにニッコリ笑い、

「じゃ、行こう」

呆然《ぼうぜん》とする女子高生グループに背を向け、悠然《ゆうぜん》と階段を下る。不甲斐《ふがい》ないことだが、僕は唯々諾々《いいだくだく》と彼の背を追うしかなかった。

背後《はいご》から、罵倒《ばとう》された娘の、ヒステリックな泣き声が追いかけてきた。


妙《みよう》なことになった。

変人だ、由良は。まともじゃない。初対面の人間にド寒いジョークを飛ばす。女子を公衆《こうしゆう》の面前で罵倒する。それに、何より――約一月前に自殺したクラスメイトのことを、躊躇《ちゆうちよ》せず口にした。僕らの間では、すでに禁句《きんく》になってるっていうのに。

妙なことになった……

電車内はシートが概《おおむ》ね埋《う》まっていたので、僕らは並《なら》んで吊革《つりかわ》に摑《つか》まった。

窓ガラスにうっすら映る由良の容姿《ようし》を、盗み見《ぬすみみ》る――彼の髪《かみ》は、ただ伸《の》びるがままに任《まか》せた

という感じにモサモサで、時期も時期だしなんだか見ているこっちが暑苦しい。よく見れば寝《ね》癖《ぐせ》っぽいのもついているし、非常《ひじょう》にだらしなくはあるのだが、そのだらしなさも含《ふく》めて一種のスタイルに見えてしまうのは、由良《ゆら》が並外《なみはず》れて美人だからに他ならない。男を美人だと思うことってあまりないのだが、由良のことは素直《すなお》に美人だと思った。こんな図抜《ずぬ》けた容姿《ようし》のヤツが同じ学年にいたなんて、全然知らなかった——まぁ、いくら綺麗《きれい》な顔してたって、男子をいちいちチェックしたりはしないわけだが。

電車が動き出したところで、吊革《つりかわ》にだらりと掴《つか》まる由良は、くるっと体を僕に向けた。

「榎戸川《えどがわ》はさぁ、アレだろ、あだ名『コナンくん』だろ」

「…………」

「図星だろ。へへへ」

僕は口を噤《つぐ》んでいた。

確《たし》かに、この姓と、小さい頃《ころ》からかけている眼鏡のおかげで、僕のあだ名——というか、初対面の人が僕の名前と容姿から受ける第一印象《いんしょう》は、あの有名な某《ぼう》少年探偵《たんてい》だった。過去何度かコンタクトレンズに替えようと試みたのだが、体質的にどうしても合わなくて、今のところ僕はまだ眼鏡専門だ。

さすがに高校に入ってからは、そのあだ名で呼《よ》ぶ者もいなかったのだが——

「なぁなぁコナンくん」

「…………」

「三組は文化祭何すんの」

「……劇《げき》だよ」

「コナンくんは出演《しゅつえん》するのか？」

「いや、僕は大道具。モブシーンでは顔出すけど、演技《えんぎ》はしない。……八組は何を？」

「さぁ？　知らん」

「知らんって、なんで」

「あんま興味《きょうみ》ないから。で、吉野彼方《よしのかなた》の飛《と》び降《お》り自殺を目撃《もくげき》したのは、あんただけ？」

……また。こんなこと訊《き》いてどうするつもりだ……いや、きっと単なる好奇心《こうきしん》でしかないのだろう。これを訊かれたら相手がどう感じるとか、そんなこと斟酌《しんしゃく》したりしないんだろう。

ホントに……人の気も知らないで。

苦々しく思いながらも、駅構内《こうない》での由良の瞬間湯沸《しゅんかんゆわ》かし器《き》っぷりを思い出す――誰《だれ》に対して、いつ、どんなことをするか、分からないヤツだ。電車内で喚《わめ》かれても、困《こま》る……

僕は日和《ひよ》ることにした。「……いや、僕だけじゃない」

「あんたと、三組の誰《だれ》？」

「旭《あさひ》。出席番号順に座《すわ》ると、僕のすぐ前になる」

「当日は、出席番号順に座っていたということ？」

「まあそういうこと」

「そのとき、教室には他に誰《だれ》がいたの？」

「名前言ったって、由良《ゆら》には分かんないかもしんないだろ」

「まあいいからとにかく言ってみてよ」

「川内《かわうち》と北上《きたがみ》、阿賀野《あがの》と中川《なかがわ》と米代《よねしろ》、それから信濃《しなの》」

ふむふむと鼻を鳴らしながら指折り数えていた由良が「じゃあ旭とあんた入れて、全部で八人か」と、頷《うなず》いた。「教室の中に八人もいて——いや、教師を入れたら九人か。九人もいて、教室の窓の外を通過していった人間を目撃《もくげき》したのが、たったの二人だったわけ？」

「教室の前半分はカーテン引かれてたし、生徒の大部分は、席、前寄りに座ってたし……それに、吉野《よしの》は教室の後ろの方を通過したんだ。目撃者は絞《しぼ》られることになった」

「なるほど。なあ。あんたは吉野彼方《かなた》が落ちていくとこ、ホントに見ちゃったの？」

「……ああ」

そう答えながら、思い出してしまう。

吉野が落ちゆく瞬間《しゅんかん》を。


——青い空と、白く光る校庭。開け放たれた窓の向こうを、人間が落下していく。背中《せなか》から地面に向かって、真《ま》っ逆《さか》さまに。

あのとき吹いた生ぬるい風を、今この瞬間肌《はだ》に感じているかのように思い出せる。僕は、確《たし》かに彼女と眼《め》が合った。何かに驚《おどろ》いていたかのような、その双眸《そうぼう》。その顔。見た瞬間、息が喉《のど》の奥《おく》で凍《こお》りついた——

思い出すだに陰鬱《いんうつ》になる。

あの眼……

叫《さけ》び出《だ》したくなる。そんな眼で僕を見るな、と。

胸《むね》に鉛《なまり》が流しこまれたような気分だった。

「ホントに見たんだな？」

「ああ……」

「どんな感じだった？」

「……どんなって……なんでそんなこと訊《き》くの」

「だって」由良は顎《あご》を引き、やけに挑戦的《ちょうせんてき》な笑《え》みを浮《う》かべた。「気になるし、やっぱ」

「…………」

彼に対し、腹の底からむらむらと怒《いか》りがこみ上げてきた。

ホントに、なんなんだ、こいつ。

「悪いけど……僕は、このことについては、もう、あんまり思い出したくないんだ。興味本位《きょうみほんい》で探《さぐ》られるのとか、ホントに……迷惑《めいわく》」

「おや。ムカついてるな、俺に」

「ムカつくっていうか……思い出したくないんだ。軽くトラウマになってるっていうか」

「ああなるほど、トラウマか」

僕はぞんざいに「そう」と答えた。「当然だろ。とんでもないもの見ちゃったんだから」

「へへへ」

由良《ゆら》は声だけで笑った。顔は笑っていなかった。

異様《いよう》な無表情。

「俺は、トラウマって言葉を免罪符《めんざいふ》にしようという考え方、好きになれない」

「……どういう意味だよ」

「額面《がくめん》通りに受け取ってもらっていいと思うけど」

「なんだよ。僕のことが気に喰《く》わないならもう黙《だま》ってろよ。僕だってお前みたいな」

「あらあら。話がえらく飛躍《ひやく》しちゃったね。誰《だれ》もあんたを嫌《きら》いだとは言ってない——ただ、あんたが気にかけてるのは自分のことばかりだな、と。そう言ってんの」

「な……なんだよそれ」

「トラウマという言葉を笠《かさ》に着て、僕は誰よりも傷《きず》ついてるんですと主張《しゅちょう》するだけ。人間なら誰だって塞《ふさ》ぎきれない傷の一つや二つ負ってるもんなのに、殊更《ことさら》にそれを主張するのは『俺って呼吸《こきゅう》してるんだぜ』と自慢《じまん》するようなもの。そう思わない？」

電車が重々しく停《と》まる。

駅に幾許《いくばく》かの乗客を降《お》ろし、新たな乗客を呑《の》みこみ、扉《とびら》を閉める。

そして再《ふた》びごろりと走り出す。

僕はきっと苦虫《にがむし》を噛《か》み潰《つぶ》したみたいな顔をしていただろう。「……屁理屈《へりくつ》だ」

「うへへへ。屁理屈と言えば屁理屈だよねぇ。でも説教と言えば説教だし。受け取り方次第《しだい》だよね。……ま、今のところは『不謹慎《ふきんしん》だ』とか『吉野彼方《よしのかなた》に対して失礼だ』とか、そういう言葉が聞けなかったことを、俺は残念に思ってる——ってことにしといたほうが、説教としては耳触《みみざわ》りがいいのかな。ねぇ？」

「…………」

「死者は重んじられるべき、だろ？」

「……お前にだけは言われたくないんだけど」

由良は弾《はじ》けるように笑った。「かもね！」

「あのっさぁ……お前さっきからどうしてそういう」

「えどがー」

聞《き》き慣《な》れた声。

僕は振《ふ》り返《かえ》った。つられて由良も振り返る。

他の乗客の間を、ステップを踏《ふ》むような足取りでこちらに向かってくる、その女子。

「織恵《おりえ》……」

「おはよう！」と明るく笑う彼女は、三年一組の日高《ひだか》織恵。どうやら隣《となり》の車両から移動《いどう》してきたらしい。織恵は僕の隣に並《なら》んで、吊革《つりかわ》に摑《つか》まった。

肩《かた》より少しばかり長めの髪《かみ》を、今日は襟足《えりあし》の左右で三つ編みにしている。織恵の髪は量が多いわりに細くふわふわしているから、まとめてしまうと三つ編みがずいぶん細くなって、おろしているときとだいぶ印象《いんしょう》が変わる。

「……おはよう」

「おはよー」と、面識《めんしき》がないはずの由良《ゆら》もなぜか愛想《あいそ》よく笑う。僕の顔を見て、「カノジョ？」

それには織恵がいち早く反応《はんのう》して答えた。「違《ちが》う違う。小学校から一緒《いっしょ》ってだけだよ」

「ああ、じゃあ、幼馴染《おさななじみ》ってヤツだ？」

「と言うとなんかドラマチックだけどね、ただの腐《くさ》れ縁《えん》だよねぇ、えどがー」

織恵は僕のことを「えどがー」と呼《よ》ぶ。僕の姓が「えどがわ」だから。

「あー、うん。……一組、今日、文化祭の準備《じゅんび》か？」

「ううん。私は今日はブラス部の練習。文化祭までもう間もないからね、必死。そっちは？」

「クラスの全体練習」

「そっか。三組は劇《げき》だったよね。本番、観《み》に行くよ」

「僕は出演《しゅつえん》してないけど」

「だから張《は》り切《き》って観に行くんじゃなーい」

「そーですか」

由良が首をかしげた。「腐れ縁って言うわりに、仲が良さそうだ」

何を言い出すんだこいつは。

「……そ、そうかな？」織恵が照れくさそうに微笑《ほほえ》む。

「………」僕もなんだか気まずい。

「む？」と何かに気づいたらしい由良はさらに首をかしげ、そのまま大きく身を乗り出して僕を押《お》しのけ、織恵に顔を近づけた。「織恵ちゃん、すごく肌《はだ》が綺麗《きれい》だ」

初対面ですでに名前呼びだよ。姓を知らないにしても。

つーか「肌が綺麗」って何。なんなんだ。男子高校生がサラッと言うセリフか？

至近距離《しきんきょり》からそんなふうに言われて、織恵は面喰《めんく》らっていた。「あ……ありがと……」

「カレシ、いたりする？」

「えっ？」オロオロと戸惑《とまど》う目をこちらに向ける。「えーっと……」

……僕を見るなよ。

僕は視線《しせん》を落とす。

「いない？　なら、俺みたいのはどう？　好みじゃない？　俺は織恵ちゃんすごく好み。肌が綺麗《きれい》な人、好き。あ、申《もう》し遅《おく》れました。俺は八組の由良《ゆら》。どぞよろしく」

「えっ、えっ」織恵《おりえ》は頬《ほお》を染《そ》め、
そして僕も内心穏《おだ》やかでなかった。「……おい！」

まったくホントになんなんだ。

「由良、もう、いい加減《かげん》にしろ」僕は、鼻の先にある由良の頭部をグイーと押《お》し戻《もど》した。「こいつをからかうな。単純なんだからすぐその気になるし」

「――ふん」と、含《ふく》んだところのあるニヤケ顔で僕を見る。

「な、なんだよ……」

「ちょっと、えどがー！　単純って何よ！」と織恵が僕の背中《せなか》をボコッと殴《なぐ》った。

痛《いた》くないけど痛い。「ちょ、お前なぁ……」

「お前って言わないで！」

由良がケタケタ笑った。「尻《しり》に敷《し》かれてんなぁ」

……この野郎。

その後、学校に着くまで、僕は由良と織恵の双方《そうほう》に気を回さなくてはいけなかった。

いつにない疲労《ひろう》を感じながら、平和にざわつく三組に入る。

人口密度《みつど》の高い教室内は、やはりというかなんというか、ムッと熱気が滞《とどこお》っていた。風がない分、外より暑いかもしれない。誰《だれ》もが、持参《じさん》の下敷《したじ》きを団扇《うちわ》代わりにバタバタさせており、教室内は無駄《むだ》にカラフルだった。

毎年この時期、この学校の生徒たちの間で、きっと何千回何万回と繰《く》り返《かえ》されてきたに違《ちが》いない疑問が、今日も誰かの口から呪詛《じゅそ》のように吐《は》き出《だ》される。

——なんでこの学校、冷房《れいぼう》がないんだ？

その疑問には、ある種の定型句《ていけいく》みたいに、決まった回答が用意されている。「山」と言えば「川」と返ってくるように。「ありがとう」と言えば「どういたしまして」と返ってくるように。

——もし冷房があったら、夏休みが少なくなるんだぜ。

この回答をもってしてこの会話は一応《いちおう》、終結する。誰が決めたわけでもないが、いつの間にかそういうことになっている。しかしそれも、よくよく考えれば理不尽《りふじん》な話だ。筋《すじ》が通ってない。冷房完備《かんび》で、かつ、夏休みバッチリな学校なんて、いくらでもある。

暑いなあ。ホント暑い。なんでこんなに暑いんだ。言っても詮無《せんな》いこととは知りつつも、まるでそれが腑《ふ》に落ちないことであるかのように僕らはぼやき、首をかしげ、下敷きを団扇代わりにする。

自分の席に着いてから、隣《となり》の席の熊野《くまの》に、由良のことについて訊《き》いてみた。

「八組の由良？　ああ、知ってる。宇宙人。一年のとき同じクラスだった」

「何、宇宙人って」

「いやまぁ別に悪意はないんだけどさ。なーんか変わってんだよねー、あいつ。性格とか、行動とか。異常《いじょう》ってほどではないんだけど、でも常人《じょうじん》には理解《りかい》できないものがあるっつーか。だからさ、誰《だれ》からともなく呼《よ》ぶようになったんだよな、宇宙人って」

「ふーん……」

……と言われて、改めて、由良《ゆら》のことを思い出してみる。

緩急《かんきゅう》の激《はげ》しい性格。奇妙《きみょう》な笑い声。含蓄《がんちく》があるのかないのか微妙《びみょう》な発言の数々。何を考えているか分からないニヤケ顔——

なるほどあの得体《えたい》の知れない男をして「宇宙人」とは、なかなか言《い》い得《え》て妙《みょう》だ。

「それとな……」と、熊野は身を乗り出した。「由良って、むちゃくちゃ頭いいんだ。それこそ宇宙人並《な》みに」

「嘘《うそ》だろ？」

「いやマジ。旧帝大《きゅうていだい》とかもたぶんヨユー。でも、進路は近所の美大を志望《しぼう》してるんだって」

「美大？」

「絵、描《か》きたいんじゃねーの。美術部だし」

「へぇ……」

美術部だったとは意外——でもない、か。

あの由良が芸術家タイプってのはなんとなくしっくり来る。

「あまりにも異質《いしつ》だと、敬遠《けいえん》されたりハブられたり、ヘタしたらいじめられたりするのかもしれないけど、あいつは美形なのが幸《さいわ》いしてるな。自分の好きなままに生きてるってカンジ？」

「ははぁ」

「顔がいいっていいよなー。あんだけ美人だと女も選び放題だったりするんかなー……ああ、そうそう。文化祭でさ、毎年、有志《ゆうし》が『美男美女コンテスト』やるだろ。由良は一年のときも二年のときも他薦《たせん》でノミネートされて、予選の匿名投票《とくめいとうひょう》では上位当選してるんだ。でも、本戦出場打診《だしん》の段階《だんかい》で、絶対《ぜったい》出ねぇッつって拒否《きよひ》すんだって。めんどくせぇッつって」

「あれって、優勝するとなんかいいものもらえるんじゃなかったっけ」

「うんうん。食堂クーポン券《けん》一年分とか、ラーメン屋・世界軒《せかいけん》で使える食事券とかな。賞品は年々豪華《ごうか》になっていったんだけど、それは由良を釣《つ》るためであったとかなかったとか」

「へー……全然知らなかった。その手のイベントはまったく興味《きょうみ》なかったから……」

「まぁそうだな。綺麗《きれい》な女子ならともかく、綺麗な男子とか、どーでもいーしな。しかし、なんで急に由良のことなんか？」

「いや、ちょっと、朝、見かけて」

「ふーん」

それで熊野《くまの》は納得《なっとく》したようだが、「見かけた」くらいでわざわざ為人《ひととなり》を訊《き》いて回《まわ》ったりしないぞ、いくらなんでも。——僕は、由良《ゆら》の放った一言一言に、引っかかるものを感じていた。気にしなければいいのだろうが、どうしても気になる。喉《のど》につかえた魚の小骨《こぼね》のように、無視《むし》することができない……

などと考えていたらまた熊野《くまの》が言う。「そういや、この前の模試《もし》の結果、どうだった？」

「……ん？　あー、まあまあ、かな」

「お前、数II、大丈夫《だいじょうぶ》だった？　いつも散々じゃん」

「いや、今回は……大丈夫」

「そう？　じゃあよかったな。まぁ、今回の数IIとか、すげー簡単《かんたん》だったもんな。平均点めっちゃ高かったし。俺も危《あや》うく平均下回るとこだった。勉強してなかったからな。あはは」

「……あはは」

僕はいつもより勉強したのに平均点下回ったけどね。

同級生の何気《なにげ》ないデリカシーのなさに、ときどき、ひどく苛立《いらだ》つ。

今も、実は、そう。はらわた煮《に》えくり返りそう。

しかし僕は笑顔《えがお》でその苛立ちを飲み下す。

受験生って特殊《とくしゅ》な精神状態《せいしんじょうたい》にあると思う。

手の内を探《さぐ》り合《あ》う。さりげなく自慢《じまん》する。涼《すず》しい顔で激《はげ》しく嫉妬《しっと》する。笑いながら腹の中で悔《くや》しがる。優越感《ゆうえつかん》を覚えつつ慰《なぐさ》める。呪《のろ》いながら称賛《しょうさん》する。励《はげ》ましながら牽制《けんせい》する。虎視眈々《こしたんたん》と、しかし好戦的に。決して相容《あいい》れず、場合によっては馴《な》れ合《あ》って。

それが日常茶飯事《にちじょうさはんじ》。

でもそれってすごく不健康なことじゃないか？

朝、駅構内《こうない》で見た、由良の罵倒《ばとう》を思い出す。乱暴《らんぼう》だが素直《すなお》な感情の発露《はつろ》……あんなふうに怒《ど》鳴《な》ることができたら、ストレスなんて溜《た》まらないだろうな。ある意味健康的だ。それに、よく考えてみれば、彼は、自分のためとかではなく、会ったばかりの僕のために、あんなに怒《おこ》ってくれたのだ。……なんだっけ、なんと言ったんだっけ。確《たし》か——てめぇが人のケツの周りフラフラしてっからだろうが！　……だっけ。すごいな。

いいな。

いっぺん言ってみたいよな、ああいうの。


吉野《よしの》彼方《かなた》のことは——

正直なところ、よく知らない。三組の誰《だれ》も、詳《くわ》しくは知らないだろう。

親しい友人もなく、春からずっと登校拒否《きょひ》気味《ぎみ》だったのだ。

たまにふらりと来ることがあっても、気づいたときにはすでに帰ってたり。

摑《つか》めそうで摑めない、霞《かすみ》のような娘《こ》だった。

サラサラの黒髪《くろかみ》。睫毛《まつげ》の長い、黒目がちな双眸《そうぼう》……ちょっと冷たい感じがするものの、清楚《せいそ》な顔立ちをした、綺麗《きれい》な娘《こ》だった。

そんな彼女が、夏休み、校舎から飛《と》び降《お》り自殺をするなんて、誰《だれ》が想像できただろう。

僕と旭《あさひ》の証言《しょうげん》から、吉野《よしの》は三階より上——屋上《おくじょう》は立入禁止で常時施錠《じょうじせじょう》されているから、すなわち四階、しかも三年三組の上の教室、つまり生物準備室《じゅんびしつ》から転落《てんらく》したものとされた。

あの後、吉野はすぐに救急車《きゅうきゅうしゃ》でどこかの病院に搬送《はんそう》されたが、ほぼ即死《そくし》だったらしい。遺書《いしょ》などは見つからなかったものの、周囲の状況《じょうきょう》から自殺とされた。

葬儀《そうぎ》はすぐに執《と》り行《おこな》われたが、密葬《みっそう》にするということで、学校からは誰も参列《さんれつ》していないはずだった。

夏休み中の出来事だったということもあり、学校側からはまだ説明はなかった。二学期の始業式あたりでなんらかの話があるだろうが、今のところこの件《けん》は、生徒の間で「夏休みに学校で死んだ子がいるらしい」と囁《ささや》かれるだけに留《とど》まっている。それ以上のことはない。あろうはずもない。話題にするにはあまりにも重い。文化祭も、中止や縮小《しゅくしょう》の方向には進まなかった。事が事だけに、大袈裟《おおげさ》に悼《いた》むのも憚《はばか》られるのだろう。

この件に関するすべては静かに話し合われ、静かに進み、静かに終わろうとしていた。余計《よけい》な音を立てないように、ひそかに気を遣《つか》っていた——それが暗黙《あんもく》の了解《りょうかい》で、誰もそれに疑問を抱《いだ》かなかったのだ。由良《ゆら》以外は。

陽《ひ》も傾《かたむ》き、クラスでの作業がそろそろ終わりそうな雰囲気《ふんいき》になったところで、教室にフラッと入ってきた者がいた。

「どーよ、進み具合は？　順調？」

旭だった。僕と一緒《いっしょ》に吉野の飛び降りを目撃《もくげき》してしまった、三組の男子——彼は、背《せ》も高くガッシリした体格をしているが、部活動は体育会系ではなく、織恵《おりえ》と同じブラス部だった。パートは、確《たし》か、アルトサックス。なぜその楽器を選んだのかと訊《き》くと、「だってカッコいいし、女にキャーキャー言われそうじゃん」という頭の悪そうな答えが返ってくる。まあでもこいつはそういうヤツなのだ。

そもそも、人間が何か行動しようとするときの理由の大抵《たいてい》は「頭悪そう」なものなのかもしれない……。

なぜ音楽をやるのか？　女にモテたいから。

なぜ人のプライバシーに首を突《つ》っこむのか？　なんとなく気になるから。

なぜ大学に行くのか？　皆《みんな》も行くから。

……ってな具合に。

こちらへ近づいてきた旭に、熊野《くまの》が訊いた。「ブラス部のほう、終わったのか？」

「いや、今、休憩中《きゅうけいちゅう》。クラスのほうの様子《ようす》が気になってねぇ」

「よく言うよー、手伝う気ィもないくせによー」

「ハハハ」と適当《てきとう》な椅子《いす》に腰掛《こしか》け「ん？」と、制服ズボンから携帯《けいたい》電話を取り出す。「お、メールだ。俺の可愛《かわい》いカノジョから」

「いちいち報告《ほうこく》しなくていいよバカ」

旭《あさひ》はしばらく黙《だま》って携帯電話をいじっていたが、

「……なあなあ、カノジョとのチュー、この前、写メに撮《と》ったんだけど、見たい？」

「はあ？　いらねーよバカ死ね。お前の顔もばっちり写ってんだろーが」

「当ったり前じゃん」

「超《ちょう》うぜぇー。萎《な》えるー。女一人《ピン》で裸《はだか》とかならともかく、なんでお前のスケベ顔まで拝《おが》まなきゃいけねんだよ……でもやっぱちょっと見せてみ」と熊野《くまの》は腰を上げ、旭に寄っていった。

携帯電話の画面を覗《のぞ》きこむ二人して「ぎゃー」とか「うわー」とか言っている。

ニヤニヤ顔の旭が顔を上げた。「榎戸川《えどがわ》も見る？　見る？」

「……いい」

「なんだよもー」と、つまらなそうに口を尖《とが》らせる旭。

「あーあ、若気《わかげ》の至《いた》りってカンジ。バカップルは悩《なや》みがなさそうでいいですな」椅子に座《すわ》り直《なお》した熊野が、やれやれと溜《た》め息《いき》をついた。「お前さ、そういうのホイホイ見せびらかして、カノジョに文句《もんく》言われないの？」

「言うわけないじゃん。だいたい、この写メ撮ったのカノジョだし。これだって、たった今、カノジョから送信されてきたヤツだし」

「うわー、寒っ。お前のカノジョ、見られたがりか」

「そうでもないと思うけど、とにかく甘《あま》えん坊《ぼう》さんなのよー」

「意味分からん。うぜぇ」

ホントにうざい。旭のこういうところに僕はいつも辟易《へきえき》する。

旭は、吉野《よしの》の飛《と》び降《お》りを目撃《もくげき》したことなんか忘《わす》れてしまったかのように振舞《ふるま》っている。

……いや、ホントに忘れてしまっているのかもしれない。

羨《うらや》ましいくらい面《つら》の皮の厚いヤツだから。


四階の端《はし》にある美術室は、文化祭の準備《じゅんび》に奔走《ほんそう》する生徒の喧騒《けんそう》や運動部の威勢《いせい》のいい掛《か》け声《ごえ》からは、隔離《かくり》されたように静かだった。扉《とびら》を開けると、独特のにおいが鼻を突《つ》いた。選択科目《せんたく》である美術の授業を受けるのは一年時だけなので、ここに来るのは久しぶりだ。

由良《ゆら》は、広い特別教室の中に、一人きりで座っていた。

パレットと絵筆を手に、イーゼルに立てかけられたキャンバスに向かう——というのが、勝手ながら僕の抱《いだ》く美術部員のイメージだった。しかし、今そこにいる美術部員・由良《ゆら》は、そのイメージとは違《ちが》う様相《ようそう》だった。エプロンを着けた彼は、普通《ふつう》に椅子《いす》に座《すわ》り、普通に机に向かい、Ａ４くらいの紙に筆を走らせていた。

由良は顔も上げず、目だけ動かして僕の姿《すがた》を確認《かくにん》すると、何も言わず視線《しせん》を筆先に戻《もど》した。

僕は扉《とびら》のあたりに突《つ》っ立《た》ったままでいた。

書道をするような姿勢《しせい》で由良は、蛍光色《けいこうしょく》と呼《よ》んでいいくらいに明るいピンクの絵の具を筆に含《ふく》ませ、紙に載《の》せ、拡《ひろ》げ、或《ある》いは葉の青色と滲《にじ》ませて——撫子《なでしこ》を描《か》いていた。紙に下書きの線などは引かれておらず、参考にするような資料《しりょう》も机周辺にはなく、つまり由良は由良の頭の中に咲いている撫子の花を、絵の具のみで紙の上に具現しているのだった。

花弁《かべん》の一枚を塗《ぬ》り終《お》わったところで由良は筆を置き、足元に置いてあったペットボトルのお茶に手を伸《の》ばした。「入部希望?」

三年のこの時期に新規《しんき》入部なんてするはずないわけだが。

僕は、グビグビとお茶を飲む由良の傍《かたわ》らに立った。「……これって、水彩画《すいさいが》?」

「うん、まあ、水彩」

なげやりに答える由良の目があさっての方に向けられていることに気づき、視線を追う。

教室の後方、作り付けの棚《たな》の上に、水張《みずば》りされた水彩画が一枚、立てかけられていた。

その絵。

僕は無意識《むいしき》のうちに、吸い寄せられるようにフラフラと、その絵に近づいていた。

描かれているのは、無数の青い蝶《ちょう》だ。翅《はね》が花束《はなたば》のように重なり連なり、何かの結晶《けっしょう》に似《に》た幾《き》何学《かがく》の輪郭《りんかく》を描《えが》く。翅の青は画面下に行くにしたがって、撫子に使われていたのと同じ鮮《あざ》やかなピンクと混《ま》じり、あるときは濃《こ》くなりあるときは薄《うす》くなりながら、やがて泡沫《ほうまつ》のように消える。朝焼けのような鮮烈《せんれつ》なグラデーションを前に、僕は思わず息を呑《の》んだ。

「それ、どう」由良が抑揚《よくよう》のない静かな声で訊《き》いた。

「……絵のことはよく分からないんだけど……なんか、すごい」

「絵に疎《うと》い人間に『なんかすごい』と思わせることができたら上々だ」

ただ、一点。

画面の右下あたりが、空白だった。下書きも何も描かれていない。全体のバランスから言って、余白《よはく》を活かしているというのでもなさそうだが――

僕は由良を振り返り、訊いてみた。「これ、もしかして、描きかけ？」

「うん」

「この余白部分には何が入るんだ？」

「分からない」

「？」

何を描きこむか決めかねているという意味だろうか。

では——先ほど描《か》いていた撫子《なでしこ》は、習作なのかもしれない。

僕の視線《しせん》に気づいたのか、由良《ゆら》は、撫子が描かれたばかりでまだ湿《しめ》り気《け》を帯びるA4紙を、ひょいと摘《つま》み上《あ》げた。

「こいつは、その絵のタッチを真似《まね》て描いたものだ」

「真似た？……」

「そう。なかなかうまくいかない」

つまり、この蝶《ちょう》の絵は、由良が描いたものではない、ということか。

しかし——独特なグラデーションの具合とか、色の滲《にじ》ませ方とか、すごくよく特徴《とくちょう》を捉《とら》えている、というかむしろ、まったく同じと言っても差《さ》し支《つか》えないよう気がした……と言っても、素人目《しろうとめ》から見たら、の話だが。

「誰《だれ》の真似をしてたんだ？」

由良は椅子《いす》から腰《こし》を上げた。「吉野彼方《よしのかなた》」

「え？」

「その蝶の絵は、吉野彼方が描いたものだ」

一瞬《いっしゅん》、混乱《こんらん》した。

どう答えたらいいか分からなくて。

ようやく「吉野は美術部だったのか」と、うわ言のように言った。

「そうだよ」

「あ、その……知ってると思うけど、吉野って、いわゆる登校拒否《きょひ》だったじゃん？　あんまり教室に顔出したことないから、だから僕もあんまり吉野のことよく知らなくて」

「いい絵だよな、これ」由良は蝶の絵の前にやってくると、手にしていた撫子の絵を、右下の余白《よはく》部分に当てはめるように重ね——「違《ちが》うな」そう呟《つぶや》くと、躊躇《ためら》いもせず紙を握《にぎ》り潰《つぶ》し、さらに雑巾《ぞうきん》みたいにギュッと絞《しぼ》って、教室の隅《すみ》のゴミ箱にアンダースローでシュートした。「吉野彼方はなぜ自殺したんだろうな？」

突然《とつぜん》の問い。ホントにこの男の言動は予測《よそく》できない。

僕は「さぁ」と答えるしかない。

「この絵を途中《とちゅう》で放り出してしまうほどの何かがあったんだろうか」そして由良は、何を考えているか分からない無表情で、僕を見た——「どう思う？　生きてる吉野彼方の最後の姿《すがた》を見たあんたは。どう考える？」

「……分からないよ、そんなの。本人にしか分からないんじゃないの……」

「まったく全然気にならないか？」

「由良は気になるのか？」

「気になる」

「……僕だって、気にならないというと嘘《うそ》になる。でも、探《さぐ》るべきじゃないと思う、そんなことは――」

「日本では毎年どれだけの人が自殺してると思う？」

またしてもいきなりの質問。

やはり戸惑《とまど》ってしまう。「なんだよ、急に……」

「質問してるのは俺。いいから答えて」

「分からない」

「勘《かん》でいい」

「……五千人くらい？」

「警察白書《けいさつはくしょ》を見ると、平成十年以降《いこう》、三万の大台を割ったことはない」

「へぇ……多いんだな……」

「そうだな。交通事故死する人数より多いくらいだからな。で、年間三万人ってことは、単純計算で行くと、割る三百六十五で、約八十二。さらに割る二十四で、約三――話題のテレビドラマが始まって終わる間に、日本のどこかで三人の人間が自殺してても、計算の上では別に不思議じゃないってことになる。この国じゃあ、自殺は特に珍《めずら》しくもないんだ。日常茶飯事《にちじょうさはんじ》なんだよ。でも、日夜そんなに多くの人が自分の手で自分を殺してる印象《いんしょう》って、ないよな。テレビも新聞も、よっぽど話題性のあるものでない限《かぎ》り、自殺の報道《ほうどう》はしないからな。いちいち取り上げてたら自殺者の記事だけで紙面が埋《う》まっちまうし」

「……そう、だな……」

「自殺は、死には蓋《ふた》をすべし、生活の場から隔離《かくり》すべし、という現代の風潮《ふうちょう》に則《のっと》って、業者や行政にことごとく覆《おお》い隠《かく》されてしまう——でも、なぜ隠そうとするんだろうな。死体そのものや死臭《ししゅう》が隠されることは、まあ、仕方ないにしても、なぜ一人の人間が死を選んだという事実からも目を逸《そ》らすんだろう。常《つね》に身近にあるってのに。これっていうのは深刻《しんこく》な現実逃避《とうひ》じゃないか？」

「…………」

「——と、俺一人が問題提起《ていき》したところでなんの足しにもならず、このまま行けば吉野《よしの》彼方《かなた》の自殺もきっと、例に漏《も》れず、五桁《けた》の数字の内に組みこまれて、データ化されて、埋もれて見えなくなってしまうんだ。それで終わるんだ。でもさ、それってなんか虚《むな》しいよな。ちょっと前まで、ここに確《たし》かに存在《そんざい》してた同い年の女の子なのに。若くて健康で綺麗《きれい》で、才能《さいのう》に溢《あふ》れた女の子だったのに。肌《はだ》も髪《かみ》も、それにきっと内臓《ないぞう》だって、ツヤツヤだったはずなのに」

「…………」

「そんな娘《こ》が死んで、彼女の肉体は、灰《はい》と煙《けむり》に変わってしまった……それって、こういう言い方をするのはよくないかもしれないけど、それってさ、すごく、もったいないよ。ホント、もったいない。彼女はなぜ、そんなもったいないことをしたのか？　不思議でしょうがない」

「…………」

誰《だれ》もが見て見ぬフリをする中で。知って知らぬフリをする中で。

できる限《かぎ》り静かに流すことこそが美徳《びとく》とされる現状《げんじょう》で。

なぜこの男だけは目を逸《そ》らさないのか。なぜ流そうとしないのか。

それは彼の性格《せいかく》によるものなのか。それとも……

「なぁ榎戸川《えどがわ》」

「……何」

「俺たち二人で探《さぐ》ってみないか」

「何を」

「なぜ吉野彼方《よしのかなた》は自殺したのか」

こんなことを言いながら、由良《ゆら》は静かに微笑《ほほえ》んでみせる。

ホントに変なヤツだ。

「……探るって……不謹慎《ふきんしん》だろ。死者は重んじられるべきとか説教垂《た》れたのは誰だよ。不謹慎なのは嫌《きら》いじゃなかったのか」

「承知《しょうち》の上でやるんだ。俺が気に喰《く》わないのは不謹慎を不謹慎と自覚してないことだ」

「そもそも、探るって、一体どうやって」

「ん?……」由良はエプロンを外しながら、ニッコリと顔全体で笑った。

2

「……暑い」

学校を出た僕と由良は、炎天下《えんてんか》のアスファルト道路を、並《なら》んで歩いていた。僕は由良に付いていくだけだった。どこへ向かうのかという僕の問いには「着いたら分かる」という答えがもたらされた。

僕らはずっと黙《だま》っていた。まず由良が、これまでとは打って変わって、積極的に喋《しゃべ》ろうとしないのだ。登校時や美術室では、頼《たの》みもしないのにベラベラ喋ってたくせに。

この暑さに参《まい》っているのかと思ったが……いやいや、汗《あせ》一つ浮《う》かべず、涼《すず》しい顔でシャキシャキ動いている。こいつって、あんまり汗かかないタイプなのか？

それにしても、なぜ黙っているのだろう。

なんだか気まずい。

そこで、僕から世間話的《せけんばなしてき》なものを振《ふ》ってみることに。「文化祭当日、何してる？」

「なんで」

訊《き》き返《かえ》されてしまった……「いや、なんとなく……」

由良《ゆら》は「ふむ」と鼻を鳴らした。「基本的に美術部展示《てんじ》の店番してるだろうな。あとは『なんちゃって将棋《しょうぎ》サロン』で、囲碁《いご》将棋部の部長と積年の決着をつける」

「ふ、ふーん……それは……有意義だな……」

「あんたは？　ステージ企画《きかく》のクラスは本番以外ヒマだろ」

「え、僕は……部のほうで模擬店《もぎてん》やるんで、僕はもう引退《いんたい》しちゃったんだけど、人手が足りないみたいなんで、手伝いに行くと思う……」

「部ってあんた何部」

「弓道部《きゅうどうぶ》だけど」

「じゃあ模擬店って、アレか、毎年恒例《こうれい》の、団子屋《だんごや》」

「うん、まぁ、そう……」

会話途切《とぎ》れる。

喋《しゃべ》らない由良。

気まずい僕。

喋らない由良。

話題を捻《ひね》り出《だ》す僕。「あのさ、僕は一人っ子なんだけどさ、」

「はぁ」

「由良は、兄弟とか、いるのか？」

「兄貴《あにき》が一人」

「へぇ。大学生？」

「高専《こうせん》」

「え！　へぇ！　何科？」

「機械工学科」

「へぇぇー……うちの中学からは誰《だれ》も行けなかったぞ。お兄さんも優秀《ゆうしゅう》なんだな……あ、ちょっと小耳に挟《はさ》んだんだけど、由良は、成績いいんだって？」

「うん」

……はっきり言うなぁこいつ。

まぁ謙遜《けんそん》されても不気味だけど。

「僕、数II苦手なんだ。微分《びぶん》のコツ教えてよ」

「式眺《なが》めてたらそのうち解《と》けるだろうが」

「はい？」

「あんなもん論理的《ろんりてき》に考えるな。ひらめきを重視《じゅうし》しろ」

……さすがは宇宙人だ。全数学者刮目《かつもく》のファンタジックな解法《かいほう》だ。

会話はまたそこで途切《とぎ》れた。

僕らはまた黙《だま》って歩き続けた。

やがて、住宅街に入った。住宅街なのに――いや、住宅街だからこそだろうか、ひと気がない。犬も猫も、雀《すずめ》さえも見あたらない。聞こえるのは、蟬《せみ》の声と、家々の外壁《がいへき》に取り付けられた室外機の唸《うな》る音だけ。……考えてみれば当然で、立ってるだけで息が切れるこの炎天下《えんてんか》、大した用でもないのにフラフラ出歩く酔狂《すいきょう》はそういない。僕と由良《ゆら》くらいのものだろう。

……なんで僕は、こんなことやってんのかな。

僕が本来やらなくちゃいけないことは、他にもいろいろあるはずなのに。大道具係の打ち合わせ。材料の調達《ちょうたつ》。模試《もし》の申し込み。殺人的な量の宿題にもそろそろ追いこみをかけないといけないし……

それは分かっている。重々承知《しょうち》している。

分かっているのに、でも僕は「やっぱやめた」と言うことができなかった。

僕の中の、優先《ゆうせん》順位を正しく決定する器官は、この暑さで壊《こわ》れてしまったのかもしれない。

それとも、由良に壊された、と言ったほうが正確《せいかく》か。

……そうだな。

由良は危険《こいっきけん》だ。すべてをぶち壊す危険性を孕《はら》んでいる。

そんな気がしてならない。

「ふー……」僕はカバンからペットボトルを取り出し、すっかりぬるくなったスポーツドリンクを、一口飲んだ。「……由良はさぁ、吉野《よしの》が自殺した理由が、そんなに気になる?」

「うん」

「どうして？　同じ美術部だったからって、それだけの理由で？　それとも、他に何か……」

「吉野彼方《かなた》は、俺の許婚《いいなずけ》だった」

「はぁ!?」

「冗談《じょうだん》だよ」

「…………」

「腹違《はらちが》いの兄妹《きょうだい》だったとか、そういうのでもない。そういうんじゃない。ただ——俺と吉野彼方には、美術部仲間ってこと以外にもう一つ、因縁《いんねん》があってな」

「……因縁？」

「まあ、非常《ひじょう》に些細《ささい》なことなんだけど、でも一生付きまとうことでもあるんで」

「それってどういう——」

「着いたぞ」

由良が立ち止まったのは、築《ちく》三十年は経《た》っていそうな一軒家《いっけんや》の前だった。

ごく普通《ふつう》の二階建てで、玄関脇《げんかんわき》の表札には『吉野』とある。

「……おい、由良。ここは、」

「吉野彼方ん家《ち》」と答えつつ、門扉《もんぴ》にあった呼《よ》び鈴《りん》を押《お》し。

ピンポーン。

「何やってんだ！」

「いや普通《ふつう》にチャイム押《お》したんだけど」と言いつつ、また押す。

ピンポーン。

「よせって！」僕は由良《ゆら》の手をはたき落とした。

由良は不服そうに僕を睨《にら》んだ。「痛《いた》い」

「ここに住んでるの吉野《よしの》の家族なんだろ!? どういうつもりだ、会ってなんて言えばいいんだよ、娘さんはなぜ自殺したんですかとでも訊《き》くつもりか!?」

「今、誰《だれ》もおらんと思うよ」

「……なんで」

「吉野彼方《かなた》ん家《ち》は母一人子一人でな。娘が死んで以来、母親は寝《ね》こんでしまって、実家に戻《もど》って養生《ようじょう》してるんだ。今この家はガラ空きだ」

「なんでそんなこと知ってんの」

「手間《てま》さえ惜《お》しまなければ知るのにそう難《むずか》しいことでもないと思うけど」

由良は門扉《もんぴ》の鉄柵《てっさく》の間に腕《うで》を滑《すべ》りこませると、閂《かんぬき》型《がた》の鍵《かぎ》をあっさり外し、吉野邸《てい》の敷地《しきち》内《ない》にすたすたと踏《ふ》み入《い》った。「すみませーん」と呼《よ》びかけながら玄関扉《げんかんとびら》をドンドン叩《たた》くが、やはり反応《はんのう》はない。ノブを回してみるが、もちろん鍵がかかっていた。「やっぱ誰もおらん」

「……誰もいないんなら尚更《なおさら》意味ないじゃん。帰ろう」

「簡単《かんたん》に放り出すなよ。若いんだからさ」

由良は、一体何を考えているのか、玄関脇《わき》から庭へ躊躇《ためら》いなく進み、窓《まど》やら何やら、手当たり次第《しだい》に開けようとした。しかしどれも鍵がかけられていた。

「由良！　やめろよ！」

「そう喚《わめ》きなさんな」そう言って由良は、家と塀《へい》のわずかな隙間《すきま》へ入っていく。

おいおいと思いつつ、僕はその背中《せなか》を追った。

家の裏手《うらて》に回ったところで、由良は立ち止まって外壁《そとかべ》の一部をジッと見ていた。彼のちょうど顔の高さあたりに、新聞紙片面《かためん》ほどの面積しかない、小さめの引違《ひきちが》い窓《まど》があった。台所だかトイレだかの窓と思われる。

由良はしばらく何事か考えていたが、
ふと窓枠《まどわく》に手をかけると、横に滑らせた。スルスルとなんの抵抗《ていこう》もなく開いた。鍵がかかっていなかったのだ。しかし、十センチばかりスライドしたところでゴチッと音がして、それ以上開かなくなってしまった。サッシにストッパーが取り付けられているらしい——でも、これだけ小さな窓だから、全開にしたところで、ここから内部にお邪魔《じゃま》するなんてことは、図体のでかい男子高校生にはどだい無理なわけだが。

「もういいだろ。帰ろう」

僕のその言葉を無視《むし》して、由良は窓をジッと見つめ続け——おもむろに網戸《あみど》に手をかけると、上下にゴトゴト揺《ゆ》すり、なんと、サッシから外してしまった。

「……何やってんの」

由良《ゆら》は黙《だま》って僕の手に外した網戸《あみど》を押《お》し付《つ》けた。そして今度はガラス窓《まど》に手をかけ、ゴトゴト揺すり、同じようにサッシから外してしまう。これも僕の腕《うで》に押し付け、最後にもう一枚残ったガラス窓に手をかける。ここでようやく僕は事の重大性に気づき、戦慄《せんりつ》した。

「ダメだって。やばいって」

「ガラス叩《たた》き割《わ》るよりマシだろうが」などと言ってるうちに、三枚目もあっさり外してしまった。これもやはり僕の腕に押し付ける。けっこうズッシリ来る窓板を三枚も抱《かか》えてしまっては、僕は逃《に》げ出《だ》そうにも逃げ出せない。

かくしてこの窓は、無防備《むぼうび》で無意味なただの四角い穴と化した。

内部は案《あん》の定《じょう》、トイレだった――由良は、窓辺に置かれていた芳香剤《ほうこうざい》や予備《よび》のトイレットペーパーを脇《わき》に寄せると、これらを落とさないように慎重《しんちょう》を期しながらも大胆《だいたん》に弾《はず》みをつけ、腕の力だけで窓に身を滑《すべ》りこませた。狭《せま》いスペースで器用に体をねじり足を折り曲げ、途中《とちゅう》、靴《くつ》を脱《ぬ》いで手に持つという離《はな》れ業《わざ》までやってのけ、あっという間にトイレの中に降《お》り立《た》つ。

僕はもう言葉もない。

由良は、僕の腕からガラス窓二枚を淡々《たんたん》と受け取ると、元のようにサッシにはめこみ、

「網戸はめてから、玄関《げんかん》に回って。今、鍵《かぎ》開けるから」

早口でそう言うと、ぴしゃりと窓を閉めてしまった。

「一人娘の部屋《へや》は二階と相場が決まっている」

鼻歌でもふかすような気軽さでそう言って、由良は階段《かいだん》を上がる。古い家屋《かおく》にありがちな急《きゅう》勾配《こうばい》の階段で、体重がかけられるたび踏板《ふみいた》がミシミシと軋《きし》んだ。

……なぜこんなに平然としていられるのだろう。彼の神経《しんけい》は一体どうなっているのだ。僕たちは今、不法侵入《ふほうしんにゅう》ってヤツをやっているのに。これは犯罪《はんざい》だ、れっきとした。誰《だれ》かにバレたらタダじゃすまない。しかもここは、自殺したクラスメイトの家だ。そんなところに侵入したなんてことが知れたら、何を言われるか分からない。どんなレッテルを貼《は》られるか。何を詰問《きつもん》されるか。何を暴《あば》かれるか。

心拍数《しんぱくすう》がどんどん上がってくる。暑さとは別の理由で汗《あせ》が滲《にじ》んでくる。

この変人についてきたのはやはり間違《まちが》いだったのではないか。

全力で止めるべきだったのではないか。殴《なぐ》ってでも。

……今からでも、止めるか？　殴るか？

そうしたら、彼は諦《あきら》めてくれるだろうか？　それとも抵抗《ていこう》するだろうか？

二階に上がったら、部屋は短い廊下《ろうか》の左右にある二つっきりだった。どちらが吉野《よしの》の部屋かというのは、悩《なや》むまでもなかった。左の扉《とびら》に、『Kanata』と刻《きざ》まれた木のプレートが下がっていたのだ。従《したが》って由良《ゆら》は、左の扉のノブに手を伸《の》ばした。

「由良！……」

声が震《ふる》えた。緊張《きんちよう》と興奮《こうふん》のせいで、背中《せなか》が引《ひ》き攣《つ》り、全力疾走《しつそう》した後のように膝《ひざ》が笑う。

由良は手を止め、薄暗《うすぐら》い廊下《ろうか》の真ん中から、階段《かいだん》の口に立つ僕に黙《だま》って顔を向けた。

「ダメだよやっぱ……やめよう。帰ろう……」

「何を今さら」

「こんなことしていいと思ってんのか!?」

「よくはないわな」

「今ならまだ取り返しがつく……なぁ、帰ろう」

由良は、何を考えているのだろうか、ほんの少し首をかしげて、僕をジッと見ていた。

「……あんたって、」

「な、なんだよ……」

「なるほど、そういうキャラか」

「……何、キャラって」

「別に」クスリと小さく笑って肩《かた》をすくめ「こっちの話」

おもむろに扉を開け放つ。止める間もなかった。途端《とたん》、生ぬるい風が僕の体を打った——空気が動いただけと分かっているが、あの瞬間《しゅんかん》のことを思い出さずにはいられなかった。

——青い空と白く光る校庭。開け放たれた窓《まど》の向こうを、人間が通過していく。上から下へ、真《ま》っ逆《さか》さまに。あのとき吹いたのは、奇妙《きみょう》に生ぬるい風だった。それまで無風だったのに、あの一瞬《いっしゅん》だけ、吹いたのだ。落ちゆく彼女が起こしているかのような風が——

眼《め》が合う。

落ちていく彼女が、こちらを見ている——

なんか、胸《むね》が重い。すごく重い。くらくらする。息苦しい——今さら気づいたのだが、この家、炎天下《えんてんか》ずっと閉めきっていたせいか、非常《ひじょう》に空気がこもって、滞《とどこお》っている。

「なんの変哲《へんてつ》もない部屋《へや》」

無遠慮《ぶえんりょ》に部屋に踏《ふ》み入《い》って、由良はぐるりと見回した。

そして、ちらりと僕を振《ふ》り返《かえ》る。

「入りたきゃ入れ。帰りたきゃ帰れ。どっちもできないなら、そこで見てろ」

僕は返事もできず、戸口に突《つ》っ立《た》ったまま、見ていることになった。

僕はこの部屋に入りたくない……いや、違《ちが》う。入ることができない。

頭では「入ることくらい簡単《かんたん》だ」と分かっている。

しかし心が拒否《きよひ》している。「入るな」と。

この感情は、なんだ。……嫌悪《けんお》感《かん》？　それとも、罪悪感《ざいあくかん》？

由良《ゆら》の言う通り、変わったところは見られない、普通《ふつう》の部屋《へや》だった。ずらりと並《なら》んだ参考書や問題集は物々しくていかにも受験生だが、小物やカーテンの柄《がら》などちょっとしたところのセンスは女の子らしく、デスクの上なんかは整頓《せいとん》されているが、ベッドには脱《ぬ》ぎっ放《ぱな》しの寝巻《ねま》きが引っかかっていて――そうだ、死んで一月も経《た》った者の部屋にしては不自然なほど、何も整理されていない。遺族《いぞく》がまったく手をつけていないのだ。整理することができないのかもしれない。あまりにも突然《とつぜん》の死だったから。

だから、何気《なにげ》ない場所に、ついさっきまで人がいたかのような生々しさが残っている。すぐにでも、普通の生活を再開《さいかい》できるような。今にも、部屋の主が現れそうな。

……寒くもないのに、鳥肌《とりはだ》が立つ。

気分が悪い……

マイペースな由良は「ふーむ」と唸《うな》りながら、本の詰《つ》まった本棚《ほんだな》を覗《のぞ》いた。「ここの本のどれかに超重要なメモが挟《はさ》まっている、とかだったりするかもしれんが、全部を確《たし》かめる気はさすがに起きんな」

次に、デスクを見てみる。抽斗《ひきだし》を上から順に開けてざっとチェックしていく。

デスク上にも目をやるが、目ぼしいものはなかったらしい。

部屋の中を、当《あ》て所《ど》なくウロウロする。

バク、バク、バク、と、耳に響《ひび》くこれは、僕の心臓の音だ。太鼓《たいこ》のように打っている。

「あっつー……」

閉めきられた狭《せま》い空間はまるでサウナのようだ。由良は、外を歩いていたときとは一転、かなりの汗《あせ》を流していた。時折顎《あご》まで垂《た》れてくる汗を、手の甲《こう》か腕《うで》かで、乱暴《らんぼう》に拭《ぬぐ》う。別に、汗をかかない体質、というわけではなさそうだ。

由良は突然「ふふふ」と押《お》し殺《ころ》した声で短く笑った。「……テレビのサスペンスでよくあるみたいに、日記とか手紙とか、そういうものがあればよかったんだけど……今どき、マメに日記付けてるヤツもいないよね。吉野《よしの》彼方《かなた》はケータイも持ってなかったし」

「へぇ……」

「でもその代わり、パソコンというものがある」

「……なっ」

よく見れば、デスク上には確かにノートパソコンらしきものがあった。由良は布カバーを取《と》り払《はら》い、パソコンをがばりと開き、あれよあれよと言う前に電源ボタンを押した。

「ブログ書いたりしてねーかな。ミクシィとかでもいいや」

「……由良っ。パソコンは、さすがにマズいんじゃ……個人情報の塊《かたまり》みたいなもんだし……」

「今さら何言っとんの。俺ら個人情報探《さぐ》りに来たんじゃねーの」

パソコンの起動音が虚《むな》しく響《ひび》く中、
やはり、やるべきではなかった。止めるべきだった——
急激《きゅうげき》に後悔《こうかい》が押《お》し寄《よ》せてきて、その勢《いきお》いで肺《はい》が潰《つぶ》れそうだった。恐《おそ》ろしくてたまらない。
僕は絶句《ぜっく》した。

「なあ」

僕に背《せ》を向けたまま、由良《ゆら》が静かに呟《つぶや》いた。

この状況下《じょうきょうか》で一体何を言い出すかと思えば、

「さっきあんた、吉野彼方《よしのかなた》は登校拒否《きょひ》だったって、そう言ったよな」

「……言っ、た」

由良は密《ひそ》かに笑ったようだった。「それはな、違《ちが》うぜ。吉野彼方は学校に来てたよ、毎日」

「まいにち？……」

「ああ。学校に来て、帰るまで、ずっと美術室にいた。そんで絵を描《か》いたり、たまには勉強したり……保健室登校ならぬ、美術室登校をしてた。三組の人は知らないかもしれないけど」

由良が、振《ふ》り返《かえ》った。皮肉《ひにく》っぽい笑《え》みを浮《う》かべながら。

「残念でした」

「えっ？……」

「ロックされてる」

由良が横に一歩ずれると、ノートパソコンの画面が見えた。

確《たし》かに、パスワード入力画面が写っていた。

それを見て、僕は――

とにかく、ホッとしたのだった。

「これに必死に取り組んでも、きっと、徒労《とろう》に終わるだろうな」由良はカチカチとパソコンの終了作業に移った。「母親と二人っきりの家の自室に置いてあるパソにロックかけるようなヤツは、すぐ推測《すいそく》できるような安易《あんい》なパスワードにしてないだろうから」

ノートパソコンを閉じてから、由良は扉《とびら》のほうに歩いてきた。

ようやく帰る気になったか？……

由良は、戸口に寄りかかるようにして立つ僕の顔を見て、笑った。「ビビってるね」

「……悪いか」

「何をそんなに恐《おそ》れてんの」

「何も感じないヤツのほうがどうかしてるんだ」

言い返してこなかった。さすがに怒《おこ》ったかと、僕は顔を上げ、由良を見た。

由良は、僕ではなく、扉のすぐ横の壁《かべ》を凝視《ぎょうし》していた。

彼が見ているのは、壁に貼《は》られたカレンダーだ。七月のページのまま、放置されている。

由良はカレンダーの前に立ち、ぺらりと一枚めくった。「八月七日、美術館」

「え……」

「八月十五日、お墓参《はかまい》り」

「…………」

「自殺しようっていう人間が、美術館巡《めぐ》りを予定してるよ」

「……あ、そう」

「盆《ぼん》に墓参りに行くっていうのは、死を覚悟《かくご》した人間特有の発想か？」

「さあ……」

「吉野彼方《よしのかなた》はホントに自殺だろうか？」

「知るかよ！」

僕はきびすを返し、階段《かいだん》を転《ころ》がるような勢《いきお》いで駆《か》け降《お》りた。もう限界《げんかい》だった。


自宅の、自分の部屋《へや》に辿《たど》り着《つ》いたら、緊張《きんちょう》の糸が切れたらしい。ベッドに倒《たお》れ伏《ふ》した瞬間《しゅんかん》、着替えもせず眠《ねむ》ってしまった。精神的《せいしんてき》によっぽど堪《こた》えたのか、眠りは深く、目が覚めたときには夜になっていた。汗《あせ》の残滓《ざんし》で体がべとついたので、とにかくまずシャワーを浴び、それから居間《いま》で夕食をとることにした。母は先に食べてしまっていた。

僕の食事を用意してくれている間もずっと、母は何か物言いたげな様子《ようす》だった。

「勉強してたの？」

「あー、うん」

「寝《ね》てたんでしょ」

「ちょっとだけだよ」

「ねぇ、ちゃんと勉強してる？　大丈夫《だいじょうぶ》？　浪人《ろうにん》はさせてあげられないんだからね」

……なんでそういうこと言うかな。

家でまで、そんな話、聞きたくないのに。

ホントこの人、無神経《むしんけい》だな。

「お母さんはねぇ、心配なのよ。あんた、この前の期末、赤点取ってたし。数学だっけ？」

「うちの学校は赤点設定《せってい》が高いんだよ……四十点なんて……」

「四十点以下の点数を取ったことを恥《は》ずかしいと思いなさいよね。そもそも、大抵《たいてい》の子ならそれ以上取れるって見込みがあるから、その点にしてあるんでしょ？」

「うるさいな、もう！」

僕は味わうこともそこそこに白米を口にかきこんだ。

うちの学校はこのあたりでは有数の進学校で、進学先のランクを多少下げてでも現役合格を優先させたいという風潮が濃《こ》くあり、生徒たちは浪人になることに対し、どこか恐怖《きょうふ》に近いものを抱《いだ》いていた。生徒よりもやる気満々の教師から、毎日のように言い聞かされるからだ。落ちるな滑《すべ》るなこけるな。落ちるな落ちるな落ちるな。入学した瞬間《しゅんかん》から、ずっと、刷《す》りこまれている。

そんな学校で飛《と》び降《お》り自殺とは――

洒落《しゃれ》が効《き》きすぎているにもほどがあるじゃないか。悪夢のようじゃないか。

自室に戻《もど》ってから、言われるまでもなく勉強を始めた。夏休みの宿題を消化してから、自分で購入《こうにゅう》した問題集を引《ひ》っ張《ば》り出《だ》す。一日最低一科目は、センター試験形式の問題を、時間を計ってやることにしていた。

国語は得意科目だが、現代文の小説は好きではない。選択肢《せんたくし》に並《なら》ぶ「作品に対する解釈《かいしゃく》」が、こじつけのように思えるからだ。作者はこんな理屈《りくつ》っぽいこと考えて小説なんか書いてないんじゃないだろうか、といつも思ってしまうのだ――もちろんこんな解釈は、システマチックに作成されているものなんだから、こちらもシステマチックにこなすべきってことは、分かってる。センターの問題は「いかにミスを誘《さそ》うか」という点に重きを置かれる底意地《そこいじ》の悪いものであり、問題作成者と解答者はそこんとこだけ駆《か》け引《ひ》きしてればいいのだ。……分かっているが、どうしても違和感《いわかん》を拭《ぬぐ》えなかった。創作者が意図しない部分に、第三者が後付けの解釈を加えることは、果たして意味があるのだろうか。

吉野《よしの》の件《けん》も同じだ。
彼女の死の真相を受《う》け容《い》れることができない一部の人間が、ありもしない真相を、捏造《ねつぞう》し、こじつけようとしている。ただ、自分の保身のために。
では、
こじつけようとしてるのは、
誰《だれ》だ？

——吉野彼方《かなた》はなぜ自殺したんだろうな？
——この絵を途中《とちゅう》で放り出してしまうほどの何かがあったんだろうか。
——どう思う？　どう考える？　生きている吉野彼方の最後の姿《すがた》を見たあんたは。

どうも思わない。
吉野は自殺で、その動機は謎《なぞ》。
それじゃダメなのか？
由良《ゆら》。
あの野郎。
事実だけを、起こったことだけを、見てればいいのに……

そのときデスクの上に置いてあった携帯電話《けいたい》が震《ふる》えた。思わずギクリとしてしまう。

携帯電話を手に取る。メールを受信していた。

「……織恵《おりえ》か」

メールを開く。絵文字がふんだんに使われた賑《にぎ》やかしいメールだ。

今起きた〜
起きて時計見たらこんな時間
部の練習で疲《つか》れてたし
家帰った途端《とたん》寝《ね》てしまったよ…

「……うーん」

手早く返信メールを打つ。


いっしょ。家着いてソッコー寝てしまった。

暑いとやたら疲れるよな。


送信。携帯電話を置く。

しばらくすると、また携帯電話が織恵からのメールを受信して震える。

　　だよね〜
　　同士発見

「ふふ」

織恵は可愛《かわい》い。

朝、織恵が言っていた通り、僕らは幼馴染《おさななじみ》だ。小学生のときに出会って親しくなり、中学、高校、ずっと一緒《いっしょ》にいた。だからこれからも——同じ大学とは言わない、でもせめて、近くにはいたい。

彼女のためなら、できる限《かぎ》りのことはしてやりたいと思ってる。

3

本日もほぼ無風で、教室はおろか廊下《ろうか》の窓《まど》もすべて開け放たれていたが、それでこの暑さがどうにかなるわけではなかった。

三年生の教室が並《なら》ぶ三階では、三年生全体が文化祭の準備《じゅんび》に奔走《ほんそう》していた。

うちのクラスも例に漏《も》れず。

一部の机は隅《すみ》に寄せられ、空いたスペースで役者チームが動きつきのセリフ合わせをしていた。僕はといえば、自分の席について、携帯電話《けいたいでんわ》の電卓《でんたく》ツールを駆使《くし》し、大道具を作る際《さい》に必要な道具や材料にかかった費用《ひよう》の計算をしていた——総括的《そうかつてき》な経理係《けいりがかり》がいないので、大道具の計算は大道具係の誰《だれ》かがやらなくてはいけないのである。僕はジャンケンで負けて、押《お》し付《つ》けられてしまった。

クラス内は雑然としていて、物と人が入《い》り混《ま》じり、他クラスの人間がふらりと入ってきても分からなかったので、由良《ゆら》の一人くらいが旭《あさひ》の席に座《すわ》って僕の作業を眺《なが》めていても、別段《べつだん》誰も気に留《と》めなかった。

「八組、何やるか分かった」と、僕の下敷《したじ》きを団扇《うちわ》代わりにパタパタさせながら、幾分《いくぶん》得意げに仰《おっしゃ》る。「メイド喫茶《きっさ》だった。いらっしゃいませご主人さま、ってヤツ」

「お帰りなさいませご主人さま、だろ……」

各クラスの出し物は、遅《おそ》くとも六月の終わりごろには決定されていたはずなのだが、彼は開催《かいさい》まであと十日もない今日、ようやく自分のクラスが何をやるのか知ったという……ホントに、自分が興味《きょうみ》のないことは眼中《がんちゅう》に入らないらしい。

「由良は何やんの?」

「メイドやれって言われた」

「はあ!?」

「……ふっ、ふ」笑いを押し殺《ころ》しながら由良は上体《じょうたい》を反《そ》らして「冗談《じょうだん》だよ」と言い、窓枠《まどわく》に後頭部をもたれかけさせた。「いい加減《かげん》このパターン慣《な》れたら?」——そう言うと、下敷きを僕に押し返してきた。目を閉じて、眠《ねむ》る風《ふう》だ。

うるさいのがいきなり静かになったので、僕も電卓を叩《たた》くことに集中できた。

教室の真ん中あたりでワイワイと練習していた役者チームが、あるとき、まとめて教室から出て行った——舞台《ぶたい》となる体育館で練習できる時間帯は、文化祭実行委員会が作成したタイムテーブルによって厳密《げんみつ》に定められている。もうすぐ、三年三組のコマなのだ。脚本《きゃくほん》・演出《えんしゅつ》チームも一緒《いっしょ》に行ってしまって、教室は急に静かになった。

残ったのは大道具・小道具チームだけ。

でもそれなりに賑《にぎ》やかに、皆《みんな》それぞれの作業をしていた。

「ここを通過したんだな」

不意に由良が呟《つぶや》いた。

消えそうな声量なのに、なぜか鮮明《せんめい》に聞こえた。

「……何が?」

「吉野《よしの》彼方《かなた》だよ」

いつの間にか由良《ゆら》は目を開けており、頭を少し外に出して、上の階《かい》を――生物準備室《じゅんびしつ》の窓《まど》を見つめていた。

「あの窓から飛《と》び降《お》りたんだろ?」

「…………」

そうだ。

吉野《よしの》は丁度《ちょうど》、由良が今見ているあたりを落ちていった。

――空。校庭。暑い。陽《ひ》の光。窓の向こうを人間が。背中《せなか》から。上から下へ。あのとき吹いた生ぬるい風。眼《め》が合う。その双眸《そうぼう》。広がる黒髪《くろかみ》……――

僕は窓から顔を背《そむ》け、ギュッと目を閉じた。

胸《むね》がムカムカする。ザワザワする。心が「思い出したくない」と叫《さけ》んでいるようだ。

……起こったことだけ見てればいいのに。そうすれば平穏《へいおん》なのに。

なぜ揺《ゆ》り起《お》こす。なぜ探《さぐ》る。

僕が、

僕が悪いんじゃないのに、

なぜ僕がこんな重い気分にならないといけないんだ。

だが僕は、訊《き》かれたことには答えなければならない。矛盾《むじゅん》がないように。訊く人が納得《なっとく》するように……それが義務《ぎむ》だと思うからだ。「生きている吉野彼方《かなた》の最後の姿《すがた》を見た」僕の。

由良は体を起こし、座《すわ》り直《なお》した。「補習《ほしゅう》当日も、出席番号順に座ってたんだよな」

「……そうだけど」

由良はそのへんにあった藁半紙《わらばんし》を手元に引き寄せ、僕のペンケースからシャーペンを勝手に取り出し、線を縦横《たてよこ》にさらさらと引いて、教室の見取り図を描《か》いた。それから「旭《あさひ》とあんたの席はここだよな？」「他の六人はどこに座ってた？」「六人のうち、女の子は誰《だれ》と誰？」などな細かい質問をし、僕の回答通りにマスの中に名前を書き加えていって――

たちまちのうちに、騒動《そうどう》当日の教室の様子《ようす》を、書き上げた。

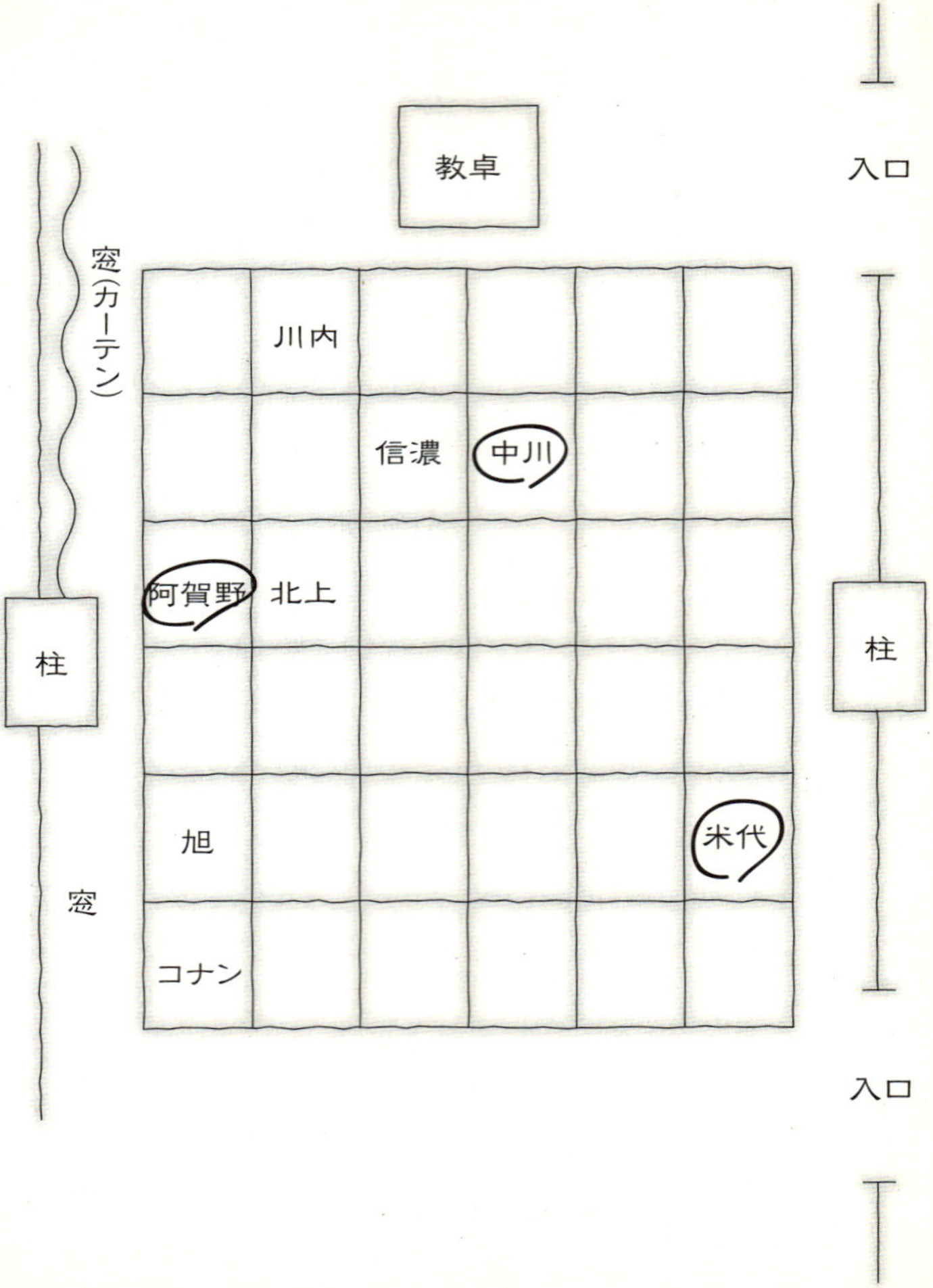

教卓
入口
窓(カーテン)
川内
信濃
中川
阿賀野
北上
柱
柱
旭
米代
窓
コナン
入口

「……こんなの作ってどうすんの」

「図にしたほうが考えやすい」

「あっそう……」

由良《ゆら》は、自作の見取り図をしばらく眺《なが》め——ある一点を指で示した。「この娘《こ》」

それは米代《よねしろ》の名前だった。

「これは、ヨネシロって読むのか？」

「そうだけど」

「今、どこにいる？」

「……えー、どこって」僕は教室の中をぐるりと見回した。

米代は、少しぽっちゃりした丸顔の女子だ。キャンキャン騒《さわ》がしいタイプでもなく、だからといって根暗なわけでもない、話しやすい娘だ。確《たし》か小道具係だった彼女は、やはり教室にいた。一体何を作っているのか、新聞の見出しを一文字単位にチョキチョキ切《き》り離《はな》していた。

「自分の席に座《すわ》ってる」

由良は「好都合《こうつごう》だ」と頷《うなず》いた。「彼女も大道具？」

「いや、小道具。大道具係は男子ばっかり、小道具係は女子ばっかりだよ」

「そうか」口の中でそう呟《つぶや》くと由良は立ち上がり、ぶらりと米代のほうに歩いていった。

米代のそばに立ち、

「米代《よねしろ》さん」

普通《ふつう》に話しかけた。

……どうするつもりだ？

米代は虚《きょ》を衝《つ》かれて目を丸くしている。

僕は、作業に集中しているふりをして、二人の会話に耳を澄《す》ます。

「八組の由良《ゆら》だけど」

「……はぁ」

米代は訝《いぶか》しげだ。当然だろう。しかし由良はお構《かま》いなしに、米代の前の席に腰掛《こしか》けた。そして人懐《ひとなつ》っこい笑顔《えがお》で言うことには、

「髪《かみ》、染《そ》めたんだな」

……ん？　なんでそんなこと分かるんだ？

名前さえ知らなかったし、初対面のはずだろう。

「でも、今の色、似合《にあ》うよ」

うわっ。あざとい。

だが、あざといなりに効果的《こうかてき》なのだ。

米代は「……えー？　そう？」と笑《え》みを浮《う》かべた。

不審《ふしん》に思ってはいるものの、まんざらではなさそう……

「夏休みだったから、ちょっとだけ、染めてみたんだよね。クラスの娘《こ》に、人気の美容室の紹《しょう》介《かい》カードもらってさ、それ使うと三割引だったし。それに、夏休み中は、皆《みんな》染めてたし……そうそう、緑色に染めた娘もいたんだよ！　すごいよね」

「へぇー。それはすごいね」

なるほど。

例の変人っぷりを極力殺《そ》ぎ、笑顔でほがらかに喋《しゃべ》っていれば、由良はかなりハイランクの好青年なのである。しかも男でさえ認《みと》める美人。そのような逸材《いつざい》に、こんなふうに話しかけられるってのは、女子にしてみたら、そりゃあ、悪い気はしないのではないだろうか。

織恵《おりえ》のときもそうだった――

由良は、自分の外見が優《すぐ》れていることを自分で分かっていて、どこでどう使えば効果的かっていうことも、ちゃんと分かっているのだろう……と言うとなんか水商売の人みたいだけど、でも、まぁ、そういうことなのだろう。

そんな由良は、今度は痛《いた》ましい表情を作ってみせた。「ねー、なんか、大変だったね」

「え、何が？」

「自殺騒動《そうどう》あったじゃん」

「……ああ、そうね。なんていうか……うん、ホントに……」

「榎《え》戸《ど》川《がわ》くんと旭《あさひ》くんは、見ちゃったらしいね」

「そうらしいね……由良《ゆら》くんって、榎戸川《えどがわ》くんと仲いいの？」

「うん、仲良し仲良し」

やめてくれ。

僕の手の中のシャーペンがミシッと軋《きし》む。

由良は話を進める。「米代《よねしろ》さんは、目撃《もくげき》しなかったの？」

「うん」

「ん？　でもさ、この席にいて、しかも黒板見てたら、目線をどっちかっつーと窓側《まどがわ》に向けてるわけだし、あんなでかい窓、どうしたって視界《しかい》に入っちゃうでしょ」

米代は首を横に振《ふ》った。「あたし、あの日はこの席に座《すわ》ってなかったから」

「どういうこと？」

——と言った由良の顔から笑《え》みが消えていることに、果たして米代は気づいただろうか。

「えっとね、馬淵《まぶち》先生の補習《ほしゅう》では数IIの参考書を使うから、あたし、参考書をこの机に置き勉してたのね。宿題で使わないし、それに、かなり分厚いから、いちいち持って帰るのメンドくさくて。……でも、その日、補習の最終日だったんだけど、教室に来てみたら、参考書が見当たらなくなってたの。おかしいなあと思ったけど、でもどこ捜《さが》してもなくって。諦《あきら》めて、中川《なかがわ》さんの隣《となり》の空いてる席に移動《いどう》して、参考書を一緒《いっしょ》に見せてもらったんだ」

「……へぇ」

「今思うと……そうしてなかったら、あたしも目撃してたかもしれないんだよね……」

「どうして中川さんに見せてもらおうと思ったの？　位置的には榎戸川くんとか旭《あさひ》くんのほうがいいんじゃない？」

「えー？　どうしてって、どうして？　だって、男子だし、二人とはそんなに仲いいわけじゃないし」

「そっか。まぁそうだよねぇ。で、参考書は、その後、見つかった？」

「それがねぇ、バカなんだ、あたし」と、米代は照れくさそうに笑った。「机の中に入れっ放しだと思ってたんだけど、無意識《むいしき》のうちに、ロッカーの中に入れてたみたいだったの。後になってから気づいてさぁ」

「そう」そして由良は、その冷徹《れいてつ》な真顔を、和《なご》やかな笑みで覆《おお》い隠《かく》した。「ところで米代さんは、劇《げき》で何すんの？　小道具係？　へぇ。今、これ、何作ってんの？」

その後、一言二言話してから由良は立ち上がり、のこのこと僕の前に戻《もど》ってきた。

「……由良は米代のこと、前から知ってたのか？」

「全然」

「じゃあなんで前の髪《かみ》の色のこと知ってたんだ？」

「いやだから知らんて」

「でも、さっき……」

「髪《かみ》見たら最近染《そ》めたかどうかくらいすぐ分かるだろ」

そうなのか？

それから由良《ゆら》はペンを手にすると、先ほどの見取り図に書き足した。

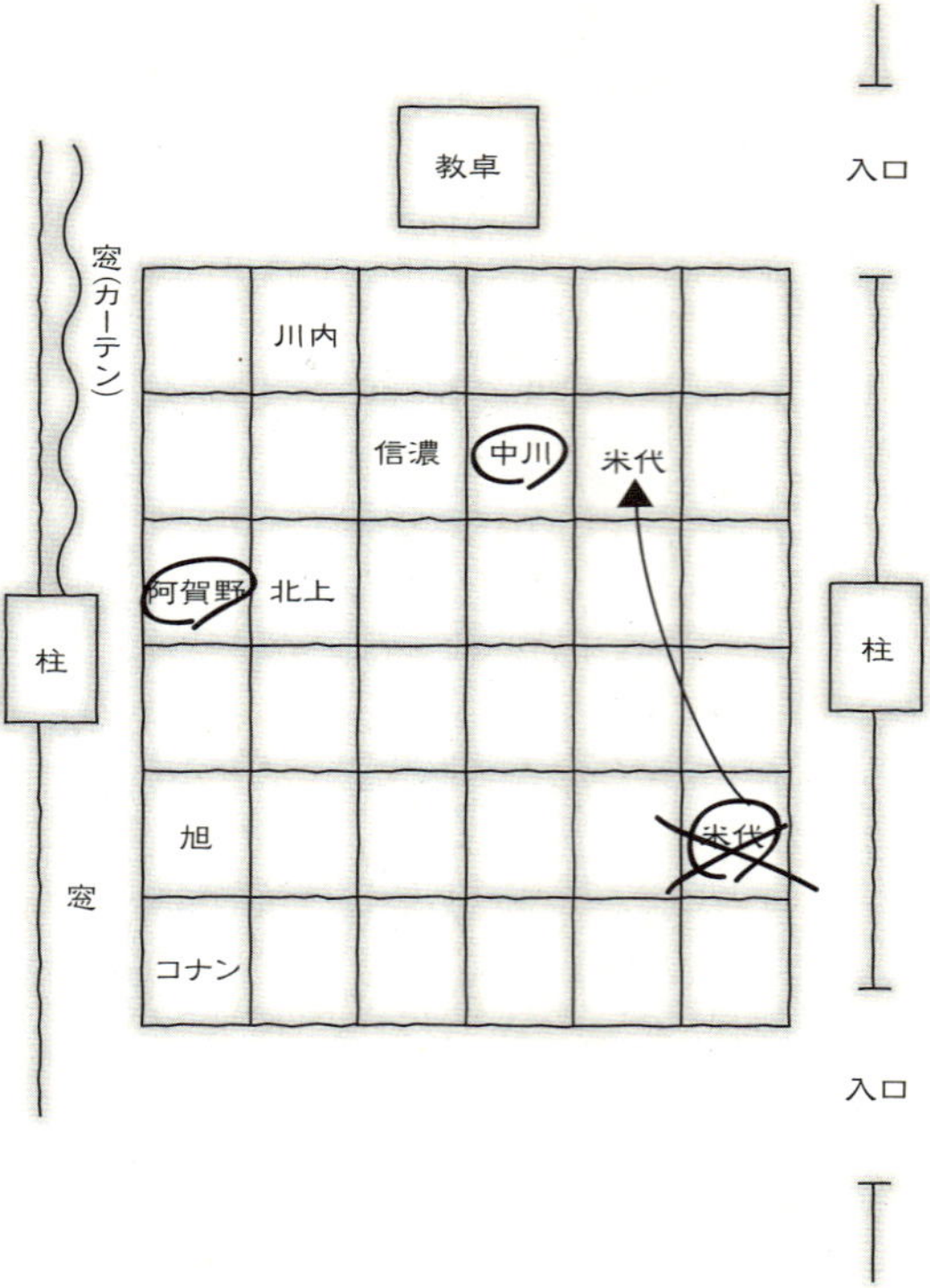

「……で、成果《せいか》は何かあったわけ」

「ああ」由良は緩慢《かんまん》な動作で頬杖《ほおづえ》をついた。「いろいろ分かったことがある」

「たとえば？」

「米代《よねしろ》が中川《なかがわ》の隣《となり》に移動《いどう》したことで、カーテンの引かれていない後ろ半分の窓《まど》が視界《しかい》に入る者は、旭《あさひ》とあんただけになった。前半分に座《すわ》っている者と、黒板のほうに体を向けていれば教師も、後ろ半分の窓は見えないだろう。吉野《よしの》彼方《かなた》を目撃《もくげき》してしまったのが旭とあんただけだったというのは、至極《しごく》当然だったというわけだ」

「……そりゃそうだろ。それがなんだってんだ……今さらそんな当然なこと納得《なっとく》したって」

由良は視線《しせん》を上げ、冷笑した。「当然なこと？　それはどうかな」

「何が言いたいんだよ」

「一つ仮定《かてい》の話をしよう。ここに、悪意あるXという人間がいるとする」

「また脈絡《みやくらく》のないことを……」

「まぁ聞け。いいか、あくまで仮定の話だ——Xにとって、吉野彼方はあの瞬間《しゅんかん》、あの場所から、あの窓を横切って、あの状況《じょうきょう》で、あの死に方をしなければならなかったとする。それを目撃するのは、旭とあんたの二人だけでなくてはならなかったとする。この二人以外の目撃者を出したくはなかったとする。……そしたらば、」と、ペンの先で自作の見取り図をコツコツ叩《たた》く。「Xはここで何をクリアしなければならない？」

「……知らないよ。もうよせよ。くだらない……」

「そう、米代《よねしろ》だ」

「何も言ってないよ」

「どうしても、この位置に座《すわ》っている米代が邪魔《じゃま》になってくる。Xは米代を、この席から移動《いどう》させたいと考える。どうすればいいか？　Xが考えたのが、参考書を紛失《ふんしつ》させることだった。その時間帯に使用しなければならない参考書がなくなっていたら、米代は誰《だれ》かに見せてもらうべく、席を移動せざるを得なくなる」

「…………」

「米代は、どっちかというと女子と仲良くしたがるタイプみたいだから、近いところに座っている旭《あさひ》やあんたよりは、少々離《はな》れていても、女子に見せてもらおうとする」由良は、見取り図の一点をペン先でコツンと示した。「そしてこの場合、隣《となり》の席が空いている女子は、中川《なかがわ》だけ。米代は、中川の隣の席、つまり前の方に移動する――」

「…………」

「Xの目的は達成される」

「……でも、理由がないだろ？　Xがそんなことをした理由」

「これが偽装《ぎそう》であるなら、考えられる理由は一つ。吉野彼方《よしのかなた》が本当はいつ、どこで、どうやって、なぜ死んだかを、ごまかすため。それを誰かに知られることは、Xにとって都合《つごう》が悪いんだ。つまり、Xは吉野彼方の死になんらかの形でかかわっている」

そうして由良《ゆら》はまっすぐ僕を見る。

Xは吉野彼方の死になんらかの形でかかわっている。

かかわっている。

「……なんだよ、それ」

由良が何かを言いかけて口を開いた。

そのとき。

「ちょっと。そこどいてくれる」

僕と由良はハッと顔を上げた。

僕らの傍《かたわ》らに立っていたのは、

「……旭！」

部活の練習が一段落《ひとだんらく》したか何かで、クラスのほうにやってきたのだろう。

旭は、自分の席に堂々《どうどう》と座っている由良を、忌々《いまいま》しげに見下ろした。

「まだ嗅《か》ぎ回《まわ》ってんのか、てめぇ……」

え？

なんのことだ？

僕は由良を見た。

由良《ゆら》は受けて立つ眼《め》で旭《あさひ》を見上げていた。「ようやくご出勤《しゅっきん》かよ。遅《おそ》いんじゃないの」

「⁉……」

旭を待っていたかのような口ぶり……

いや——待っていたのか？　あえてこの席に座《すわ》って？

今日はなんの用事でこの教室に来たのかと思っていたが……

旭を待っていたのか？

でも、なんのために？

「どういうことだ、旭……由良と知り合いなのか……」

「知り合いじゃない。こいつ、一昨日《おととい》、俺のところに来て、吉野《よしの》の自殺のこと聞かせろってうるさかったんだよ。警察《けいさつ》が自殺だと断定《だんてい》したのに、どういうわけかそれを疑ってるらしい。そのときは無視《むし》してやったんだけど……まさか今度は榎戸川《えどがわ》のほうに行くとはな」

「……何？」

旭の冷ややかな視線《しせん》を受け止めつつ、由良は薄《うす》く笑った——「次に悪巧《わるだく》みの相方を選ぶことがあったら、そのときは、肝《きも》の据《す》わったポーカーフェイスにするんだな。榎戸川は内心の動揺《どうよう》が顔に出すぎる」

「！……」

「そのくせ、俺が何してかして何を突《つ》き止《と》めるか分からないから、目を離《はな》せなくて、どこまでもついてくる。内心ではめちゃくちゃビビってるのに。なぁ？」由良は僕に水を向ける。口元は皮肉《ひにく》っぽく笑っているが、目は笑っていない。

彼がなんの話をしているのか、分かっている。昨日、吉野邸《よしのてい》に不法侵入《しんにゅう》したことを言っているのだ。そのときの僕の反応《はんのう》のことを、行動のことを、言っているのだ。

──何をそんなに恐《おそ》れてんの。

試していたのか、僕を。

そして、今も。

そのとき、僕は気づいた。

これが由良の本性だ。

突拍子《とっぴょうし》もない言動をする変人の顔も、軽薄《けいはく》なタラシの顔も、明るく人懐《ひとなつ》っこい好青年の顔も、すべて数ある仮面《かめん》のうちの一枚に過ぎない──本当の由良は、器用に使い分けるそれらの仮面の下から、機械のように冷徹《れいてつ》な目で、相手をジッと観察《かんさつ》しているのだ。

由良はクスリと笑うと、あっさり席を立ち、スタスタと教室から出て行った。

僕は呆然《ぼうぜん》とその後《うし》ろ姿《すがた》を見送った。

「おい、旭……由良は、」

「あいつとはもう喋《しゃべ》るなよ」

小学生のときにだって言われたことのないような、稚拙《ちせつ》な命令。

だがその響《ひび》きにこめられた意味は深刻《しんこく》だった。

「分かってんだろうな」

僕の返事を待たず、旭《あさひ》は自分の席に着いた。

直後、脚本《きゃくほん》・演出《えんしゅつ》チームが戻《もど》ってきて、教室内はにわかに賑《にぎ》やかになった。役者チーム以外のスタッフを集めての、クラス内打ち合わせが始まる。実際《じっさい》に舞台上《ぶたいじょう》で演《えん》じてみてから出てきた修正点《しゅうせいてん》や改良点を話し合うのだ。主に、実際に舞台練習を見てきた脚本チームのヤツが、教卓《きょうたく》のそばに立って自分の意見を発言する。しかしその声は僕の耳には届《とど》かなかった。誰《だれ》がどんないいことを喋っていても、右から左へ抜《ぬ》けていった。恐《おそ》ろしかったのだ。いてもたってもいられなくて、ついにはたまらなくなり――

打ち合わせ中だったが、僕は目の前の旭の背中《せなか》を突《つ》っついた。「……旭」

旭がうるさそうに振《ふ》り向《む》く。「なんだよ」

「由良《ゆら》は……気づいてるんじゃないのか……」

「…………」

「気づいてるんだ」

「……揺《ゆ》さぶられてんじゃねーよ」旭は振り返らないまま、低く抑《おさ》えた声で言った。「喋ったんなら分かるだろ。由良《あいつ》はな、頭がおかしいんだ……あいつが何か言ったって、誰《だれ》も真に受けやしねーよ。お前さえボロ出さなきゃ大丈夫《だいじょうぶ》なんだよ」

「………」

「分かってんのか、おい。しっかりしてくれよ」

弱い僕は俯《うつむ》くしかない。

恐《おそ》れと緊張《きんちょう》で重くなる胸《むね》を押《お》さえて、後悔《こうかい》と罪悪感《ざいあくかん》に震《ふる》えるしかない。

こじつけようとしてるのは、

誰だ？

よく覚えてる。

忘《わす》れるはずもない。

あまりにもよく覚えてるから、夜になってうなされる。最近、よく眠《ねむ》れない。

暑さ厳《きび》しい七月終わりのことだった。その日は、三日間予定の補習《ほしゅう》の、最終日だった。僕と旭を含《ふく》む八人と教諭《きょうゆ》一人、計九人が、あのときこの教室にいた。

よく覚えてる……

僕は窓《まど》の外に目を向けていた。この教室は三階なので、眺《なが》めはいい――僕は全身から汗《あせ》を流していた。単純に暑いからというだけで流れている汗《あせ》ではなかった。動悸《どうき》が激《はげ》しい。緊張《きんちょう》のあまり、息が苦しい。それでも僕は、窓《まど》の外をまんじりともせずに見ていた。見ているしかなかった。

そういう段取《だんど》りだったからだ。

風はなかった。青い空。遠景のビル群《ぐん》に覆《おお》いかぶさらんばかりの積乱雲。白く輝《かがや》く校庭と、濃《こ》く黒い影《かげ》。耳障《みみざわ》りな蝉《せみ》の大合唱。僕の前の席に座《すわ》る旭《あさひ》が「僕と同様に」、校庭を見るでもなく見ていた。そして、その時刻《とき》が来た。あのとき吹いた生ぬるい風を、今この瞬間肌《しゅんかんはだ》に感じているかのように思い出せる。窓の向こうを——

何も通過してはいなかった。

僕は旭と口裏を合わせていたのだ。

ギャアッという悲鳴が教室に響《ひび》き渡《わた》った。叫《さけ》んだのは僕の前に座る旭だった。

そういう段取りだった。

「どうしたんだ」馬淵《まぶち》が不機嫌《ふきげん》そうに振《ふ》り返《かえ》った。

青褪《あおざ》める旭が、窓を指差しながら答える。「……人が」

「人？」

困惑《こんわく》しきった表情で、馬淵が僕の顔を見た。何事かと振り返った他の生徒六人も、僕に視線《しせん》を注いだ。僕は何かの玩具《おもちゃ》みたいにカクカク頷《うなず》いた——二人とも、演技《えんぎ》にかけては素人《しろうと》なのにうまくやったと思う。迫真《はくしん》の演技だったのではないだろうか……いや、演技ではなかったのかもしれない。あのとき僕ら二人は偽《いつわ》りなく緊張し、怯《おび》え、震《ふる》えていた。

うまくいきますように、と。

バレませんように、と。

そうして、

その日、三年三組に集まっていた九人は揃《そろ》って吉野《よしの》の死体を発見することになる。

そう——

僕と旭が悲鳴を上げるより前に、吉野はすでに転落死《てんらくし》していた。

僕らは口裏《くちうら》を合わせ、吉野が落ちたタイミングをごまかしたのだ。

4

……闇《やみ》の中。

恐怖《きょうふ》に顔を引《ひ》き攣《つ》らせた彼女が、僕を見る。

僕は、確《たし》かに、彼女と眼《め》が合った。

——その人、なんなの？　どうしちゃったの？

——近づかないで。

——来ないで！

青い空と、白く光る校庭。開け放たれた窓《まど》。

窓の向こうを、人間が落下していく。背中《せなか》から地面に向かって、真《ま》っ逆《さか》さまに。

あのとき吹いた生ぬるい風を、今この瞬間《しゅんかん》肌《はだ》に感じているかのように思い出せる。

柔《やわ》らかい人間が、固い地面に叩《たた》きつけられる音。

ドシッ。

「ひッ」

しゃっくりのような悲鳴を自分の喉《のど》の奥《おく》で聞いて、僕は目を覚ました。覚ましたが、部屋《へや》は真っ暗で、ほとんど何も見えない——自分の部屋の、自分のベッドの中だった。首を巡《めぐ》らして枕元の時計を見る。蛍光《けいこう》塗料《とりょう》が塗《ぬ》られた時計の針は、真夜中であることを示していた。

そうだ。

僕は、よく覚えてるのだ、あの瞬間のことを。

忘《わす》れるはずもない。

あまりにもよく覚えてるから、夜になってうなされる。

思い出すだに陰鬱《いんうつ》になる。

あの眼《め》……

叫《さけ》び出《だ》したくなる。そんな眼で僕を見るな、と。

胸《むね》に鉛《なまり》が流しこまれたような気分。

今夜も熱帯夜だった。暑い。汗《あせ》でシャツが重い。

僕は、もう一度眠《ねむ》るべく、目を閉じた。しかし頭の中をいろいろな想いが巡《めぐ》ってしまって、落ち着かない。自然と眉間《みけん》に皺《しわ》が寄る。

呪《のろ》われろ、と、ずっとそうやって自分を責《せ》め続《つづ》けている。

眠りに落ちるまで。


今日もクラスで全体練習。

外は相変わらず晴れていて、クソ暑く、学校に行くのはなんかもう億劫《おっくう》だが——僕はいつもの通りに登校した。自宅最寄りの駅から私鉄に乗りこみ、約二十分。ターミナル駅でJR線に乗《の》り換《か》え、約十五分。それが二年と数ヶ月続いている僕の通学パターン……

なんで気づかなかったんだろう。

昨日も今日も、電車で由良《ゆら》の姿《すがた》を見ていない。そもそも、この路線で由良を見かけたのは、初めて話しかけられたあの朝の一回きりだ。それまで目にしたこともなかった。僕はほとんど皆勤《かいきん》だから、二年と数ヶ月の間に、一度も顔を見たことがないということは……由良は、普段《ふだん》、この路線を使って登下校してはいないんじゃないだろうか。

電車を乗《の》り換《か》えてから、僕はクラスメイトの熊野《くまの》にメールを打った。


この前言ってた八組の由良って、どこに住んでるかな？

分かる？


我ながら妙《みょう》な内容だと思うが、とにかく送信。

下車駅に到着《とうちゃく》する直前で、返信メールが来た。

また由良ですか？　ファンにでもなった？
どこに住んでるのかは分からんけど
あいつは徒歩通学だったから
わりと学校の近所に住んでるんじゃないか？

「……やっぱり」

しかも。

僕が登校再開《さいかい》したのは、あの朝からだ。間近に迫《せま》った文化祭に向けてクラスの全体練習が始まるから、ようやく登校した。それまでずっと夏休みで、部活も一学期で引退《いんたい》してるし、塾《じゅく》の夏期講習《こうしゅう》をメインにしていた僕は校内夏期講習にも参加《さんか》しなかったから、僕にはあの補《ほ》習《しゅう》以来、登校する理由がなかった――つまり由良は、三組の作業スケジュールを調べた上で、わざわざ早起きしてあの駅まで来て、僕を待《ま》ち構《かま》えていたってことになる。

彼の目的は最初から絞《しぼ》られていたってこと。

出会った瞬《しゅん》間《かん》から僕は試され続けていたってこと。

「………」

汗《あせ》が止《と》め処《ど》なく流れるほど朝から気温は高いっていうのに、薄《うす》ら寒《さむ》くなる。

由良のこの執念《しゅうねん》は、一体《いっ》どこから来るんだ？

吉野《よしの》の自殺の理由を知りたいという、それだけのことで、ここまでできるものなのか？

何が目的なんだ？……

僕は鬱々《うつうつ》と俯《うつむ》きながら、校門をくぐった。

「えどがー！」

そんなとぼけたニックネームで僕を呼《よ》ぶのは、この世でただ一人。

僕は顔を上げた。

校舎の四階、どこかの教室の窓辺《まどべ》に立って、彼女は手を振《ふ》っていた。

「織恵《おりえ》……」

三つ編みの織恵が明るい笑顔《えがお》を僕に向けている。僕は少しだけ癒《いや》される。

四階のあのあたりは……地学室かな?

ブラス部は普段《ふだん》、パートごとに分かれて空き教室で練習する。しかし、もうこの時期になると、文化祭の準備《じゅんび》で普通《ふつう》教室は平素《へいそ》からどこも埋《う》まってしまうようになる。だから、ああして特別教室のほうに追いやられているのだろう。

ブラス部の文化祭発表は、毎年盛大《せいだい》で、ステージ企画《きかく》の目玉にもなる。それに、文化祭での演奏《えんそう》が三年生にとっては引退《いんたい》公演になるから、力が入るんだろう……

四階にある彼女の顔は遠くて小さいが、それでも眩《まぶ》しい。比喩《ひゆ》でなく、眩しい。

だから僕は、日光をまともに受けたときのように、目を細めてしまう。

織恵。僕の幼馴染《おさななじみ》。いや、腐《くさ》れ縁《えん》。……どっちにしろ、便利な言葉だ。その言葉に縛《しば》られているだけで、そばにいて笑い合うことを許《ゆる》される。一線を越えることはないが、居心地《いごこち》のいい関係を維持《いじ》できる。僕が欲を出しさえしなければ、ずっと今のままでいられるのだ。

核心的《かくしんてき》なことは何も言わずに、今のままで。

地学室の窓から身を乗り出す織恵は、まだ手を振っている。だから僕も手を挙《あ》げ、ちらちらと振ってみた。織恵の笑顔が一層《いっそう》明るくなる。

もっと笑っていてほしいと思う。この笑顔のためならなんでもできるかもしれないと思う。

そのとき、織恵の背後《はいご》から、ふわりと、幽霊《ゆうれい》のように姿《すがた》を現したものがあった。背《そ》むけているので顔がよく見えないが、あの髪型《かみがた》にあのエプロンは――

彼の手によって、カーテンがサッと引かれた。織恵の姿が隠《かく》される。

次の瞬間《しゅんかん》、僕は駆《か》け出《だ》していた。

何人もの生徒にぶつかりそうになりながらも、生徒玄関《げんかん》を抜《ぬ》ける。階段《かいだん》を一段飛ばしで上がる。転《ころ》びそうになりながら四階の廊下《ろうか》を駆《か》け抜《ぬ》け、織恵が顔を出していたと推測《すいそく》される教室に辿《たど》り着《つ》いた――

地学室。

バン！と扉《とびら》を開ける。中に転がりこむ。

この広い教室の前のほうには、譜面台《ふめんだい》と椅子《いす》と楽器が並《なら》べられていた。他のブラス部員はいなかった。どこかに行っているらしい。

窓辺に立つ織恵が、びっくりしつつ僕を見た。「どうしたの、えどがー。そんなに走って……」

無事、だ。

安心して、脱力《だつりょく》する。

由良《ゆら》は、織恵《おりえ》のすぐそばで、椅子《いす》に座《すわ》っていた――やはりエプロンを着けていた。エプロン着用ということは、美術室にいたということだろう。地学室と美術室は近いから、ブラス部が練習している音を聞きつけて、ここにやってきたのかもしれない。由良は座ったまま、膝《ひざ》に手をついて肩《かた》で息をする僕をジッと見下ろし、

「そんな顔してすっ飛んでくるなんて」口元だけを歪《ゆが》めて、微笑《わら》った。「突《つ》き落《お》とすとでも思った？」

「！……」

織恵がきょとんと由良を見た。「どういうこと？」

たちまち由良は好青年の仮面《かめん》を着ける。「いやいや。えどがーはね、織恵ちゃんを俺に取られると思ったんだ。ヤキモチ妬《や》いたんだな」

「……え、」

「織恵！」

僕の突然《とつぜん》の大声に、織恵は肩をビクリと震《ふる》わせた。

「……頼《たの》む。僕のクラスに行って……その……僕の机から、古語辞典、持ってきてくんないかな。由良に借りたヤツなんだ……今、返しておきたいから、その……」

いつもなら「そんなの自分で取ってきなさいよ」くらいの軽口《かるくち》を叩《たた》くのはずなのだが、このときばかりはただならぬものを感じたのだろうか。「……うん」と素直《すなお》に頷《うなず》き、織恵は地学室から出て行った。

パタパタパタ、と、足音が遠ざかる。

……僕の机に古語辞典があるのはホントだが、それを由良に借りたというのは真っ赤な嘘《うそ》だ。

由良は「ふふ」と目を細めた。「オリエチャンには聞かれたくないってか」

「…………」四階まで全力疾走《しっそう》だったのでまだ息が上がっているが、僕は由良に向き直り、切れ切れになりながらも、どうにか言った。「お前……どういうつもりなんだよ、何がしたいんだよ……」

「ん？」

「人の周りウロついたり、試すようなマネしたり、煽《あお》ったり……お前は僕に何をしてほしいんだ。何が欲しいんだ……なんなんだよ、お前は……」

「俺が欲しいのは、」由良の顔から笑《え》みが消える。「吉野《よしの》彼方《かなた》の死の真相」

「……え？」

「このまま埋《う》もれさせたりしない」

「なんだよそれ、今さら……何言うんだよ。勘弁《かんべん》してくれよ……吉野はジサ」「違《ちが》う」

これまでになく頑《かたく》なな低い声で、由良は僕の言葉を遮《さえぎ》った。

「違《ちが》うんだ」

それから、一言一言を力強く、はっきりと——

自分でも確認《かくにん》するかのように、発音した。

「あいつは、自殺なんか、しない」

聞く者をギクリとさせるその声。その言葉。

僕は内心の動揺《どうよう》を抑《おさ》えながら、どうにか訊《き》いた。「なんでそんなこと言えるんだよ」

「描《か》きかけだから」

「……描きかけって……絵のこと？」

僕は思い出す。

美術部に置かれていた、青い蝶《ちょう》が群《む》れて乱れ飛ぶあの鮮《あざ》やかな水彩画《すいさいが》を——

しかし、

「……そんなの理由になるのかよ」

「吉野彼方《よしのかなた》が美術部だったことも知らないあんたに何が分かる」

「お前には分かるってのかよ」

「毎日見てた。すぐそばで」

「え……」

バン！と扉《とびら》が開いた。僕はかなりビックリして振《ふ》り返《かえ》った。今回飛びこんできたのは——怒《いか》りで顔を歪《ゆが》める旭《あさひ》だった。そのすぐ後に、オロオロと戸惑《とまど》った様子《ようす》の織恵《おりえ》。

旭はズンズンとこちらに近づいてくる。

「旭くん！　待って！」

織恵の制止も聞かず、旭は僕も押《お》しのけ、椅子《いす》に座《すわ》る由良《ゆら》の前に立った。その顔は怒りのあまり青褪《あおざ》めていた。

由良は、昨日と同じように、まったく動じることなく旭を見上げる。冷酷《れいこく》なまでの平静。

困惑《こんわく》している織恵が、僕の袖《そで》を摑《つか》んだ。「廊下《ろうか》でたまたま旭くんに会って、地学室にえどがーと由良くんがいるって言ったら、旭くん、急に怒《おこ》り出《だ》して――」

「……おい、旭」

という僕の声は、旭の怒号《どごう》に掻《か》き消《け》された。

「お前、いい加減《かげん》にしろよ！　またちょっかい出してんのかよ！」

本気で怒っている旭の声に、織恵が体を強張《こわば》らせる。

一方の由良は、けろりと答える。「迷惑《めいわく》はかけてない」

「うるせぇ！　いいからもう出て行けよ！　こんなとこにいつまでもいるんじゃねーよ！　邪《じゃ》魔《ま》なんだよ！」旭はそう言って、座る由良の肩《かた》に手を伸《の》ばした。

由良はその手を強く払《はら》いのけた。

「……てめーなぁっ」

頭に血の昇《のぼ》った旭《あさひ》が、由良《ゆら》の胸座《むなぐら》を摑《つか》み、引きずるように無理やり立たせる。すると由良もすかさず旭に向かって右手を伸《の》ばした——その手には、カッターが握《にぎ》られていた。いつの間にか、エプロンのポケットから取り出したらしい。それを旭の首筋《くびすじ》に押《お》し付《つ》ける。

旭は息を呑《の》んで凍《こお》りついた。

僕と織恵《おりえ》もギクリと動きを止めた。

まさか、ここで刃物が出てくるなんて、思わないから……

あまりの事態《じたい》に思考が停止《ていし》しかける。

そうこうしてるうちに、由良の親指がカッターのスライドを押し上げる。

チキチキチキチキ……

硬質《こうしつ》の音に、旭の顔が目に見えてはっきりと強張《こわば》る。

織恵は悲鳴も上げられないほど硬直《こうちょく》していた。

僕も内臓《ないぞう》が急激《きゅうげき》に冷えていくのを感じていた。

由良は、無表情のまま、ゆっくり言った。「なぜ?」

「……え?」

「いつもそうだな。旭クン。キミはずいぶん余裕《よゆう》がない。なぜ?」

「……………」

「……まあ、どうでもいいけど……なぁ。そろそろ離《はな》してくんない」

旭の喉《のど》がごくりと鳴る。そろりと由良のシャツから手を離す。やり場のない旭の両手が、妙《みょう》な形のまま宙を掻《か》く。

一呼吸《ひとこきゅう》ほどの間があり――

由良はクスリと笑い、旭の首筋からカッターを離した。

得物《えもの》を目の前にかざす。「刃ァ、入ってないよ」

よく見れば確《たし》かにそのカッターには肝心《かんじん》の刃が入っていなかった――その瞬間《しゅんかん》の旭の脱力《だつりょく》っぷりは、その場で失禁《しっきん》してしまうのではないかと危《あや》ぶまれるほどだった。

由良は低い笑い声を漏《も》らし、カッターを僕に軽く投げた。

僕はそれをあたふたとキャッチする――刃が入ってないせいか、ずいぶん軽く感じた。

「そんなんじゃ人は殺せないよね」

由良はそう言って、ふいっときびすを返すと、振《ふ》り返《かえ》りもせず地学室から出て行った。

残された僕ら三人の間に、妙《みょう》な沈黙《ちんもく》が落ちた。

そして、
旭はフラフラと椅子《いす》に寄ると、半ば崩《くず》れるように腰《こし》を下ろし、がっくり俯《うつむ》いて、棘々《とげとげ》しく頭を掻きむしった。「……クソッ！　あいつ、ホントにタチ悪ぃ……！」

「……旭」

旭は僕を見ようともしなかった。「お前も、もう教室行けよ……作業始まってたぞ」

「…………」僕は織恵《おりえ》を見た。

少し離《はな》れたところで見ていた織恵は、なんだか泣きそうな顔をしている。

「なんなの?……なんなのよ、わけ分かんない……」

……ホントにな。


僕は教室に戻《もど》り、自分の席でジッとしていた。周囲では大道具チームの仲間が忙《いそが》しく立ち働き、打ち合わせが威勢《いせい》よく交わされていたが、僕の耳には何も届《とど》かなかった。頭の中は真っ白だった。

どのくらいそうしていただろう——

制服ズボンのポケットに入っている携帯《けいたい》電話が震《ふる》え、メールが来たことを知らせた。

送信者は旭《あさひ》だった。あいつからメールが来るなんて珍《めずら》しい。

軽く驚《おどろ》きながらメールを開き、その文面を見て、さらに驚いた。


今すぐ生物準備室《じゅんびしつ》に来い。

よりにもよって、生物準備室なんて……何かあったのかもしれない。急を要する重大な問題が発生したのかもしれない。僕は教室から飛び出し、四階への階段を駆《か》け上《あ》がった。廊下《ろうか》を走り、生物準備室の前に辿《たど》り着《つ》いてから、息を整え、扉《とびら》をできるだけ静かに開ける。

そこにいたのは、

「……お前、」

明るい窓際《まどぎわ》に、彼は立っていた。何やら平べったい木箱を胸《むね》に抱《かか》えていた。

その目は、ガラスケースの中に突《つ》っ立《た》っている人体模型《もけい》みたいに虚《うつ》ろで、生気がなかった。

「なんでお前がここに……旭は？」

教室と比べるとずいぶん狭《せま》い準備教室は、謎《なぞ》の品々と書類で溢《あふ》れていて、壁際《かべぎわ》に並《なら》ぶスチール棚《だな》とデスクの間の、わずかに開いた獣道《けものみち》のようなスペースを通って、ようやく奥《おく》へ行ける。

僕はデスクのそばに積まれた段《だん》ボールの山を崩《くず》さないように気をつけながら、彼のほうへ少しずつ近づいていった。

「旭はどこだ。なぁ」

彼は何も言わない。

逆光《ぎゃっこう》になる綺麗《きれい》な顔。

それがなんだか人間でないもののように思えてきた。

亡霊《ぼうれい》……

今ここに立っているのは亡霊ではないのか。

誰《だれ》の？

そんなの決まってる……

得体《えたい》の知れない恐怖《きょうふ》が背筋《せすじ》を走った。

「なんとか言え、由良《ゆら》！」

物言わぬ由良の手の中にある携帯《けいたい》電話が、ブーッと震《ふる》えた。断続的《だんぞくてき》に。

着信しているのだ。

由良はニヤリと笑い、「ナイスタイミング」いきなり携帯電話を僕に放った。

「わ!?」僕はそれを危《あや》ういところでキャッチした。「な、なんだよ？」

「電話、取って」

「……なんで？　これ、誰から？」

「いいから取れよ」

有無《うむ》を言わせぬ口調。

画面には発信者として『公衆電話』と表示されていた。

僕は通話ボタンを押《お》し、携帯電話を恐《おそ》る恐《おそ》る耳に当てた。

「……もしもし？」

一瞬《いっしゅん》の間の後、声が返ってきた。

『もしもし、あんた、誰？』

この声。

すごく聞《き》き慣《な》れたこの声は——

「……旭《あさひ》⁉」

『あれっ、榎戸川《えどがわ》か？　お前が拾ったのか？』

「拾ったって……これ、旭のケータイか？」

『ああ、そうだ』と、旭は安堵《あんど》した声で言った。『よかった、知り合いに拾ってもらって。いつの間にかどっかで落としちまったみたいなんだよ。今、一階の公衆電話からかけてるんだ。すぐ取りに行く。お前、今どこにいるんだ？』

「……今、」

由良に目をやる。

由良は、ジッと僕を見返す。

「今、生物準備室《じゅんびしつ》に……いる……」

しばしの沈黙《ちんもく》の後、
旭は恐ろしく硬《かた》い声で訊《き》いた。

『なんでそんなとこにいんの』

「……ケータイ拾ったの、僕じゃないんだ。由良なんだ。僕も由良に、お前のケータイから来たメールで呼《よ》び出《だ》されて」先を言おうとしたところで、いつの間にか近づいていた由良に、携帯電話をもぎ取られた。

「さっさと来い」電話口に向かって短く言って、由良《ゆら》は通話終了ボタンを押《お》した。

窓際《まどぎわ》に置かれていたパイプ椅子《いす》に座《すわ》り、それから、携帯《けいたい》電話を再《ふた》び僕のほうに投げた。

「待つぞ」

僕は、今度はうまく受け止められず、取り落としてしまった。

旭《あさひ》の携帯電話が、乾《かわ》いた音を立てて床《ゆか》に落ちる。

5

旭が生物準備室《じゅんびしつ》に飛びこんできたのは、すぐのことだった。

入るなり、由良に喰《く》ってかかる。「さっき地学室で、盗《と》ったんだな！」

由良は悠然《ゆうぜん》と微笑《わら》った。「個人情報の管理《かんり》はしっかりな」

「なんなんだお前！　こんな手段《て》まで使って、こんなところに呼《よ》び出《だ》して……いい加減《かげん》にしてくれよ、ホントしつこい、マジでいかれてる！　俺はもうお前にかかわりたくねーんだ！」

「しつこいことは認《みと》める。いかれてることもな。でも俺はあんたらに、俺の疑問に答えてほしいだけなんだ。答えてくれさえすれば、もう付きまとわない」

「……疑問って？」

「その前に一つ、確認《かくにん》しておこう。なぜ吉野《よしの》彼方《かなた》は死に場所に生物準備室を選んだのか？……

さあ、どうしてだと思う？」

僕と旭は、引《ひ》き攣《つ》るほど硬《かた》い顔を、見合わせた。

一体、由良は何を考えているのか……。

当人は、あの、底《そこ》の知れないニヤケ顔で、僕らをひたと見据《みす》えている。

旭が答える。「三年三組の真上だからだろ」

「ふむ、分かりやすい理由なんでついナルホドと思ってしまいそうだけど、どうかな。ご存《ぞん》じの通り、吉野彼方は春から登校拒否《きょひ》してた。自分のクラスにそこまでこだわりを持ってはいないのでは？　いやいや、三年三組のヤツらに自分の死を見せつけようとしたのかも？　だったら人がいるかどうかも分からない夏休みを選んだりしないだろ」

「……じゃあ、特に理由なんかないんじゃねーの。自殺しようとしてる人間の考えることなんて分かんねーけど、たとえば、たまたまそのとき周りに人がいなかったからとか、鍵《かぎ》が開いてたからとか、そういう……」

「いや。生物準備室だったのは、必然なんだ」

「生物準備室になら、こだわりはあるっていうのかよ」

「まあそういうことだ。吉野彼方は生物準備室に、単純に、用事があったからな」そう言って由良《ゆら》は、大事そうに抱《かか》えていた木箱を回し、表を僕らのほうに向けた。

由良が抱えていたそれは、蝶《ちょう》の標本《ひょうほん》だった。飴色《あめいろ》の木箱の、ガラス蓋《ぶた》の内側に、色様々な大小の蝶が、細いピンで留《と》められ、並《なら》んでいる。

「こいつだ。見ろ」と、由良はガラスをコツコツ叩《たた》く。

その指先が示しているのは、
鮮《あざ》やかな光沢《こうたく》を持つ、青い蝶……

「なんだよ、それ……」

「レテノールモルフォ。鱗翅目《りんしもく》ジャノメチョウ科モルフォ亜科《あか》。つまりモルフォ蝶の一種。中南米の広い範囲《はんい》に分布《ぶんぷ》しており、特にアマゾン川流域《りゅういき》で集中的に発展《はってん》している、大型の蝶である。金属《きんぞく》光沢を伴《ともな》った青い翅《はね》を持つが、主な餌《えさ》となる樹液《じゅえき》や腐敗《ふはい》した果実などに集まるときには翅を閉じ、裏《うら》の地味《じみ》な枯葉模様《かれはもよう》を見せているため、目立たない。一方、メスは……」

「おい」旭《あさひ》が苛立《いらだ》ったように遮《さえぎ》った。「それがなんだってんだよ」

由良は、僕をちらりと見た。「分かるな?」

「………」僕は思わず目を逸《そ》らした。

「吉野彼方《よしのかなた》は、この蝶をモデルに、あの絵を描《か》いてたんだ」

俯《うつむ》いたまま、僕は思い出す。

美術室に置かれていた、青い蝶が群《む》れて乱れ飛ぶあの鮮《あざ》やかな水彩画《すいさいが》を——

「この標本は生物室の備品《びひん》で、室外持出禁止だ。見たいときはわざわざ生物準備室に来なければならない。俺と違《ちが》って自然物を適当《てきとう》に描いたりしない吉野彼方は、写真でもなくスケッチでもなく、実物を参考《さんこう》にすることを重視《じゅうし》していた。思い立てばすぐに生物準備室に来て、この標本を眺《なが》めていた。自分の気の済《す》むまで、何分でも、何時間でも。——そして、」由良はパイプ椅子《いす》から腰《こし》を上げた。「吉野彼方は、あの日の朝も、この標本を見に生物準備室に来てたんだ」

「なんでそんなこと言えるんだよ」

「前日と比べて、あの絵の蝶の数が増えてた。筆が進んでたんだ」

由良は窓《まど》のそばの戸棚《とだな》に寄り、引違《ひきちが》い戸《ど》を開けた。そこには、同じような標本箱がずらりと並んでいた。由良は、蝶の標本箱を慎重《しんちょう》な手つきで戸棚に納《おさ》めた。

「俺はその進み具合を見て、当日、吉野彼方が美術室に来て、絵の制作を進めていたことに気づいた。なぜ生物準備室に行ったのかも、俺はその理由を知ってた。でも、なぜ飛《と》び降《お》りたかが分からなかった……直前まで絵を描いていて、その絵の参考を見るために生物準備室に行ったのに、どうして飛び降り自殺なんかする？　吉野彼方は絶対《ぜったい》に自殺じゃない……」パシンと高い音をさせて、戸棚の扉を閉める。「答えろ。あの日、何があったか」

「何がって……俺たちが知るワケない……」

「言わないと、あんたらが吉野彼方を殺したって方々《ほうぼう》にチクるぞ」

「——バカッ、殺してなんかない！　あいつが勝手に」そこまで言って、旭はハッと息を呑《の》んで口元を押《お》さえた。

由良《ゆら》はゆっくり振《ふ》り返《かえ》った。「やっぱり知ってるんだな」

「…………」

「何を見た」

由良の目は揺《ゆ》るがない。

逆《ぎゃく》に旭《あさひ》は、崩壊寸前《ほうかいすんぜん》だった。

まずいな、と思った。これは、まずい。

旭はのろりと答えた。「……殺してないのはホントだ」

「旭！……」

「俺たちはあの日、確かに生物準備室《こ こ》にいた」

「なんのために？」

「旭、よせ！」

「うるさい！」旭は僕を睨《にら》んだ。「もういやだ！　限界《げんかい》なんだよ！」

「…………」僕は呆《あき》れて物が言えない。

バカなヤツ。

そして、旭は由良に顔を向け、話し出した。

あの朝のことを。

補習《ほしゅう》最終日だった。

その日も暑かった。よく覚えてる……

僕はいつもみたいに早めに登校して、教室で予習してた。他の生徒はまだ来てなかった。次に教室に入ってきたのは旭だった。旭は僕を見つけると寄ってきて、「生物準備室《じゅんびしつ》に忘れ物《わすれもの》をしたから一緒《いっしょ》に捜《さが》してほしい」と頭を下げた。「何を忘れたんだ」と訊《き》いたら、旭は「ブラス部で使う楽譜《がくふ》だ」と答えた……

――なあ、榎戸川《えどがわ》。頼《たの》む。大事な楽譜なんだ。捜すの手伝ってくれよ。

――なんで生物準備室なんかに楽譜忘れるんだよ？

――いやー……まぁ、ちょっとね。

――なんだよ、気持ち悪いな。言えよ。言わないと手伝ってやらないぞ。

――誰《だれ》にも言わないって約束してくれるか？

――え？　なんだよ……いいよ。誰にも言わない。

――……実はさぁ、俺、この前、カノジョと二人で、生物準備室に忍《しの》びこんで、今度の校内模試《もし》で使う三年用の問題用紙、一枚、ちょろまかしたんだよね……。

――はあぁ？

――『生物教師の荒川《あらかわ》は生物準備室に問題用紙を保管《ほかん》してる』って噂《うわさ》を、ブラス部のＯＢから聞いて……ほら、俺のカノジョ、生物すげー苦手だろ?

——知らないよ、そんなの……。

——まあとにかく、そんなわけで、ちょっと捜《さが》してみようかって話になって……いや、もちろん、最初は半信半疑《はんしんはんぎ》だった。俺もカノジョも、んな分かりやすいとこにあるわけねぇと思ってたんだ。でも実際《じっさい》捜したら、あって……。

——それで、ぬ、盗《ぬす》んだのか?

——一枚だけだ。

——バカ野郎! バカだよお前は!

——分かってるよ! でももうやっちまったことなんだから、仕方ねぇだろ……それより、今問題なのはな、生物準備室《じゅんびしつ》に身元が分かるものを置いてきちまったってことだ……昨日になって、カノジョが言い出したんだ。あの日持ち歩いてたブラス部の楽譜《がくふ》がどこ捜してもないんだ、って。きっと生物準備室に置いてきたんだ、って……。

——カノジョの楽譜なのか?

——ああ、そうなんだ。……だから俺、今日、補習《ほしゅう》あるし、捜してきてやるって言っちゃって……今日ならまだ荒川《あらかわ》は学校に出てきてないだろうし……だから、な、頼《たの》むよ榎戸川《えどがわ》。一緒《いっしょ》に捜してくれ!

——なんだよそれ、もう……知らないよ。自業自得《じごうじとく》だろ。

——そんなこと言わずに！　なぁ榎戸川、頼む！

——僕、関係ないし……。

——頼むよ！　これさえ手伝ってくれたら、今後お前に迷惑《めいわく》は絶対《ぜったい》かけないから。なぁ……それとも、お前、俺のカノジョを見捨てるわけ？　人でなし！　それでも男か！

結局僕は、旭《あさひ》の押《お》しに負け、楽譜捜しを手伝うことにした。僕らはコソコソと生物準備室に向かった。四階に他に人はいないような気がした。生物準備室の鍵《かぎ》は開いていた。先生が使うわけでもないのになぜかいつも開けられるんだ、と、旭が言った。僕と旭は生物準備室に忍《しの》びこんで、楽譜を捜し始めた。でも生物準備室は物が多くて、しかもひどく散らかってた。要《い》るのか要らないのか分からないようなプリントも、山のように積まれている。この中から楽譜なんて薄《うす》っぺらいものを捜すのは、骨《ほね》の折れる作業だと思った。

旭が、楽譜はフルート・パートのもので、全部で三枚あって、ペンギンのキャラクターが印《いん》刷《さつ》されたピンク色のファイルに入っている、と特徴《とくちょう》を僕に教えた。

僕と旭は必死になって捜した。締《し》め切った狭《せま》い準備室で動き回るのは暑くて辛《つら》かったので、僕は奥《おく》の両開き窓《まど》を、少しだけ開けた。風はなかったけど、ずいぶんマシになった。

それから何分くらい捜し回っただろう……ついに僕は、デスクの上に散らばるプリントの山の中に、ピンク色のファイルを発見した。ペンギンのキャラクターが印刷されたヤツ。僕は挟《はさ》まっている楽譜《がくふ》を取り出しながら、旭《あさひ》に声をかけようとして——息を呑《の》んだ。楽譜の端《はし》に記《しる》されている名前が『日高織恵《ひだかおりえ》』だったから。

——……なんで、

——あ、見つかったのか!? よかった! ありがとな榎戸川《えどがわ》!

——なんで、織恵の楽譜が……。

——え? なんだよ……言ったろ、俺のカノジョが、

——カノジョって、織恵が……お前の?……お前ら、付き合って……?

——あれ? なんだよ、知らなかったのか? 日高から聞いてなかったのか? 俺らが付き合ってるって。お前らって小学校からの知り合いじゃなかったっけ?

——……………。

——日高がピンチだと知れば、お前なら一緒《いっしょ》になって捜《さが》してくれると思って、俺、お前に頼《たの》んだんだけど……知らないまま手伝ってくれてたのかぁ。榎戸川、お前、いいヤツだな。

——…………。

突如《とつじょ》、ガラリと扉《とびら》が開いた。僕と旭は飛び上がって驚《おどろ》いた。

戸口には、女子が一人立っていた。向こうもビックリした顔をしていた。長い黒髪《くろかみ》。色白の

清楚《せいそ》な顔立ち。睫毛《まつげ》の長い、黒目がちな双眸《そうぼう》——ものすごく久しぶりに見たので、思い出すのに時間がかかったが、その女子は間違《まちが》いなく、

「……吉野《よしの》？」

僕らと同じクラスの、吉野彼方《かなた》。春からずっと登校拒否《きよひ》している——

彼女のほうは、僕らの顔を覚えていなかったらしい。首をかしげるばかりだった。不思議そうな顔で僕らを交互《こうご》に見やりながら、生物準備室《じゅんびしつ》に入ってきた。

「先生なら、ここ、来ないよ」

吉野の声をはっきり聞いたのは、そのときが初めてだった気がする。

澄《す》んだ綺麗《きれい》な声だった。

「……ああ、そうみたいだな」「職員室に行ってみるよ」

適当《てきとう》なことを言いながら、僕と旭は生物準備室から出た。

廊下《ろうか》をしばらく歩いたところで、旭が足を止めた。

僕もつられて足を止めた。どうしたんだと尋《たず》ねると、旭はボソボソと言った。

——なあ榎戸川……吉野は、俺らのこと、誰にも喋《しゃべ》らないかな。

——……大丈夫《だいじょうぶ》だよ、あの顔見たろ。僕たちがクラスメイトだとも気づいてない……。

——でも、

——大丈夫《だいじょうぶ》だって。旭《あさひ》、お前、心配しすぎだよ……。

——分からないぜ。吉野《あいつ》だって、俺たちの顔を見たことがないわけじゃないんだ。後になって思い出すかもしれない……そしたら、あいつらあのときあそこで何してたんだろうって、きっと気にする。

——……そんな、

——そもそも、あいつ、なんでこんなところに？

——え？　ああ、それは……確《たし》かに、そうだな。普段《ふだん》は滅多《めった》に学校来ないのに、夏休み中に生物準備室《じゅんびしつ》に来るなんて……吉野《よしの》ってもしかして、生物部なのかな？

——生物部は俺らが一年のときに部員いなくて潰《つぶ》れちまったよ。

——そうなのか？

——……なんか、やっぱり、心配だ……念のために、口止めしておこう。

——口止めって、どうやって……。

——クラスの女子から聞いたことあるんだけど……吉野って、二年のとき、援交《えんこう》してるって噂《うわさ》があったらしいんだよ。

——え!?

——三年になってから全然学校来てないし……普段何やってるんだろうな。怪《あや》しいな。

——そ、そうだとしても、それとこれとどう関係があるよ？

――女一人黙《だま》らせるのに、方法はいくらでもあるってことだよ。

――……それ、どういう……おい、旭！　旭っ！


旭は生物準備室へとって返し、僕が止める間もなく、勢《いきお》いよく扉《とびら》を開けた。

準備室の中ほどにいた彼女は顔を上げ、あの印象的《いんしようてき》な双眸《そうぼう》で、僕らをきつく睨《にら》んだ。

「ここ散らかしたでしょ」

彼女は、僕らがひっくりかえした書類や備品《びひん》を、端《はし》から整頓《せいとん》していたらしかった。

「やめてよね、そういうこと。せめて片付けてってよ。私が疑われちゃう」

いかにも怒《おこ》っている様子《ようす》で、ぐるりと準備室内を見回し、

「何か捜《さが》してたの？」

僕のそばに立っている旭が、ギクリと震《ふる》えた。

吉野は冗談《じようだん》めかして言った。「ここに金目《かねめ》のものなんかないのに」

僕には、吉野の言葉に、厭味《いやみ》以上の意味はないように思われた。

しかし旭はそうは取らなかったらしい。

旭が僕に顔を近づけ、囁《ささや》いた。「ほら、疑ってる……戻《もど》ってきて正解《せいかい》だったろ……」

「え？　いや、あれは……」

僕の言葉を聞かず、旭は吉野に向かって言った。「そっちこそ、ここで何してたんだよ」

「何って……別に。大したことじゃない」

「他人《ひと》に言えないようなことかよ」

「あんたたちに教える筋合《すじあ》いはないって言ってるの」

旭《あさひ》は意地悪く笑った。「そういや吉野《よしの》さんってさぁ、一年のとき、援交《えんこう》してたんだよな」

……「してたという噂《うわさ》がある」じゃなくて、「してた」？

おいおい、話がエスカレートしてるぞ。

それを聞いて吉野は、戸惑《とまど》うかと思いきや——

静かに冷笑したのだった。

「そんな噂を真に受けてるヤツがまだいたなんてね」

そう吐《は》き捨《す》てる彼女は、ふてぶてしくて鋭利《えいり》で、大人っぽかった。イメージが崩《くず》れた。なんとなく、儚《はかな》げで頼《たよ》りない少女のように思っていたのだが——

しかし、旭も旭で、退《ひ》かなかった。「援交常習犯《じょうしゅうはん》な吉野さんは、普段《ふだん》はまともに学校来ないくせに、夏休みになったらわざわざこんなところに出ていらっしゃって、何をするおつもりなんですか？」

「何言ってんの？　私は、」

「もしかしてさ、ここで店開いたりすんの？　あー、ナイスアイデアだよな。ここなら滅多《めった》に人来ないもんな」

「……は？」

「相手は先生？　生徒もＯＫだったりする？」

「何それ……あんた、頭悪いエロ本の読みすぎなんじゃないの」

僕もそう思った。だから止めようと思った。「おい……もうそのへんに」

旭はそのとき、ある種のハイ状態《じょうたい》だったのかもしれない――制止する僕をうるさそうに押《お》しのけて、さらに言《い》い募《つの》った。「今日、客の予定は？」

興奮気味《こうふんぎみ》の旭に異様《いよう》なものを感じ取ったのだろうか、吉野は表情を強張《こわば》らせて後退《あとずさ》った。「ちょっと……なんなの……」

「なぁ、一回いくらとかあんの？」「旭、やめろって！」

吉野は僕に不安げな目を向けた。「その人、なんなの？　どうしちゃったの？」

ホントだ。これはあんまりだ。

僕はとにかく旭を止めるべく、腕《うで》を摑《つか》もうとした。しかし振《ふ》りほどかれる。だから今度は羽《は》交《が》い紋《じ》めにしようとしたら、逆《ぎゃく》に旭に突《つ》き飛《と》ばされてしまった。手加減《てかげん》なしだった。僕は派手《はで》に尻餅《しりもち》をついて、本か何かが詰《つ》まっているらしいやたら硬《かた》い段《だん》ボールに腰《こし》を強打した。息が詰まる。

旭は吉野に近づく。

険《けわ》しい顔で、吉野はジリジリと準備室《じゅんびしつ》の奥《おく》へ逃《に》げる。「近づかないで。大声出すわよ」

「出せば？　誰《だれ》も来ないと思うけど。だって今は夏休みだよ」

今度こそはっきり吉野《よしの》は青褪《あおざ》めた。彼女はすでに壁際《かべぎわ》に追《お》い詰《つ》められていた。

旭《あさひ》がさらに近づく。

「来ないで！」吉野もさらに後退《あとずさ》り、
壁沿《かべぞ》いに積まれたプリントの山に足を乗せたが、
乗せた瞬間《しゅんかん》、その山が崩《くず》れた。

体のバランスを大きく崩す。

「！……」

彼女は咄嗟《とっさ》に、手を伸《の》ばした——手をついたその場所が、壁ならよかった。しかし、そこは両開きの窓《まど》だった——もしくは、その窓の鍵《かぎ》が閉まっていればよかった。しかし、その窓の鍵は開いていた——

僕が開けたのだ。

あまりにも暑かったから、つい。

両開きの窓は、彼女が倒《たお》れる勢《いきお》いそのままに、開いた。

「あっ」

心臓《しんぞう》が縮《ちぢ》んだ気がした。

吉野の倒れこんだ体は、窓の外に飛び出した。

僕と旭は、そこらに置かれた段《だん》ボールやプリントを蹴散《けち》らしながら、窓に駆け寄《かよ》った。そして、目に飛びこんできたのは――青い空と、白く光る校庭。人間が落下していく。上から下へ、真《ま》っ逆《さか》さまに。

あのとき吹いた生ぬるい風を、今この瞬間肌《しゅんかんはだ》に感じているかのように思い出せる。

あっという間だった。

ドシッ。嫌《いや》な音だった。彼女の細っこい体は地面に叩《たた》きつけられた。

僕の喉《のど》の奥《おく》で、呼気《こき》が凍《こお》りついた――

僕と旭の間で、沈黙《ちんもく》が続いた。

実質数秒というところだろうが、何十分も黙《だま》っていたように感じられた。

まず、旭が口を開いた。

――……あれ、死んでる……よな。

――……………。

――死んじまったのかよ……マジか……。

――………。

――俺が悪いんじゃないよな!? 事故だよな!? だってあいつが勝手に足滑《すべ》らして……そう

だ。窓《まど》が開いてたから……だから、

――黙《だま》れバカ！

――…………。

――……誰《だれ》かに……先生に知らせないと。僕が職員室に行ってくるから、旭《あさひ》は、

――そんな……ダメだ！　俺たち二人、なぜここにいたのか訊《き》かれるぞ。俺たちのやったことがバレてしまう。そしたらお終いだ。吉野《よしの》が勝手に落ちたなんてことも、信じてもらえないかもしれない。口封《くちふう》じに俺たちが突《つ》き落《お》としたんだと疑われるかもしれない。

――でも、じゃあ、どうするんだ！　吉野を放っておくのか！

――放っておけばいい！　すぐに誰か見つけるよ！

――ふざけんなよ、死体と並《なら》んで補《ほ》習《しゅう》受けろってのか！　僕たちの教室、この真下だぞ。特に僕らは窓際《まどぎわ》の席だし……やっぱり、先生に！

――榎《え》戸《ど》川《がわ》、お前、日《ひ》高《だか》がどうなってもいいのかよ！

――!?

――言いだしっぺは日高なんだ！　日高が問題用紙を盗《ぬす》もうって俺を誘《さそ》った！　俺は止めようとした、でも日高は聞かなかったんだ！　今、問題用紙を隠《かく》し持《も》ってるのも、日高だ！……お前、いいのか？　先生に日高を突き出すのか？　幼《おさな》馴染《じみ》なんだろ？　あいつ、推薦狙《すいせんねら》ってるんだぜ？　日高の人生を狂《くる》わせたいのかよ!?

ずるい。

お前はずるい。

織恵《おりえ》を持ち出すなんて。

いや、
僕から織恵を掻《か》っ攫《さら》っておいて、そんな——

旭、お前はずるい。

もしかしたら旭は、僕の織恵に対する気持ちを知っていたのかもしれない。だからこんなことを手伝ってほしいなどと言い出したのかもしれない。織恵が絡《から》んでいれば僕の口は堅《かた》くなると踏《ふ》んでいたのかもしれない。そして、織恵もまた、僕の気持ちを知っていたのかもしれない。だから旭との仲を僕に明かさなかったのかもしれない。織恵は僕が思っているような無邪気《むじゃき》で単純な女の子ではないのかもしれない。旭と織恵にとって僕は、哀《あわ》れみの対象《たいしょう》だったかもしれないし、苦笑ばかりを向けられる道化者だったかもしれないし、いざというとき動かせる都合《つごう》のいい存在《そんざい》だったかもしれない。そこのところどうなの、と、真実を二人に確認《かくにん》する勇気はない。確認したところで得るものはないに違《ちが》いないだろうから。

それでも僕は織恵を守らずにはいられない。

たとえそれが報《むく》われないことであったとしても、

間違《まちが》ったことであったとしても、僕は……

――だからさあ、榎戸川《えどがわ》……なんか考えてくれよ、ごまかす方法を……。

――…………。

――なあ、榎戸川……。

――……じゃあ、こうしよう。

――なんだ?

――僕らの教室は、この真下だ。吉野《よしの》は補習中《ほしゅうちゅう》に……補習が始まってすぐに、自分で勝手に飛《と》び降《お》りたってことにしよう。僕たちで目撃《もくげき》したってことにするんだ。目撃者が二人もいれば信じてもらえる。今からちょうど二十分後……それくらいなら、死亡推定時刻《すいていじこく》とか、そういうのも……なんとかなる、かな。よく分かんないけど……。

――そんなのうまくいくのかよ!?

――じゃあ他にどんな手があるってんだよ! 言ってみろ今すぐ!

――………。

――………。

――……分かった……。

――よし、じゃあ、

——……いや、待て。やっぱダメだよ榎戸川。

——なぜ。

——米代《よねしろ》がいる。米代の席からは窓《まど》が見える。あの席の位置で、俺と榎戸川に見えたものが米代には見えなかったということになると、不自然だ。やっぱりムリだ……。

——そうか……でも、どうにかして米代を移動《いどう》させることができれば……。

——……いや、待て。いいこと思いついた。

——え？

——米代に関しては、俺に任《まか》せとけ。お前は他のことを考えてくれ……。

それから僕と旭《あさひ》は、てきぱき動いた。吉野の自殺を演出《えんしゅつ》するために。窓を全開にし、僕らがいた痕跡《こんせき》を消した。そして何喰《なにく》わぬ顔で教室に戻《もど》った。前半分のカーテンを閉め、続々と登校してくる他の六人を待った——旭はその間に、米代の参考書を隠《かく》したのだろう。

そして、今この瞬間《しゅんかん》もそこに転《ころ》がっている吉野の死体が誰《だれ》にも見つかりませんようにと祈りながら、補習の開始を聞いていた。

そして——

由良《ゆら》は窓《まど》をジッと見ていた。

吉野《よしの》が落ちていった窓を。

「……由良」

「あの絵を置いて」

「え？」

「吉野彼方《かなた》が、あの絵を置いて、中途半端《ちゅうとはんぱ》にしたままで……どこかに行ってしまうことなんか絶対《ぜったい》にありえないって、思ってた」

そして由良は、僕と旭《あさひ》の横を通り過ぎ、生物準備室《じゅんびしつ》から出て行こうとした。

「由良ッ！」

悲鳴のような旭の呼《よ》びかけに、由良は足を止めた。扉《とびら》に手をかけたところだった。

青褪《あおざ》めた旭は、錆《さ》びついたかのようにぎこちなく首を動かして、由良を見た。

「……俺たちは、どうなる？」

由良はあの冷酷《れいこく》なまでの平静さで「どうって？」と問い返す。

「これから……どんな扱《あつか》いを受けることになる？……」

「どんなって、何、法的にってこと？　社会的にってこと？　分かんないよ、俺、専門家じゃないし」と言いつつ、由良は軽く首をかしげ、思案《しあん》する目つきになった。「まあ、でも、誰《だれ》かに知られれば、特に警察か学校なんかに知られたときには……とりあえず今年度の受験と卒業は諦《あきら》めろ。有罪《ゆうざい》は確定《かくてい》だろうからな。執行猶予《しっこうゆうよ》だか何だかはつくと思うけど」

旭はひどいショックを受けたようだった。腰《こし》が抜《ぬ》けたようにその場にへたりこむ。

僕も、全身が内側からグラグラするのを感じていた。しかし、少なくとも声だけは震《ふる》えないようにと見栄《みえ》を張《は》りながら、訊《き》く。「お前、言うのか、誰かに……」

由良は、微笑《わら》った。

「気が向いたら、言うかもね」

と扉を開け、生物準備室を出ていく。


蒸《む》し暑《あつ》い生物準備室の中、僕と旭は、しばらく動けないでいた。

旭の幼児のような嗚咽《おえつ》が、生物準備室に虚《むな》しく響《ひび》く。

僕は、僕の隣《となり》で座《すわ》りこんでいる旭を、見下ろした。ひどく寒々とした気分で。

……スラスラ喋《しゃべ》りやがってこのバカが。

織恵《おりえ》のことを考えなかったのか。

彼女を守ることを考えればもう少し踏《ふ》ん張《ば》りきいたんじゃないのか。

由良が揺《ゆ》さぶりをかけていたのは僕じゃない。旭のほうだ。僕を追《お》い詰《つ》めることで旭を追い詰めたのだ。生物準備室に忍《しの》びこむ元凶《げんきょう》を作ったのも、吉野を追い詰めたのも、口止めをしたのも、結局は旭《あさひ》だ。僕は、共犯《きょうはん》であることに変わりはないが、どちらかというと巻《ま》き添《ぞ》えを喰《く》った形だ。旭もそこのところは理解《りかい》していたのだ。だから「もしあいつが喋《しゃべ》ったら」という強迫観念《きょうはくかんねん》は、僕なんかより旭のほうがずっと強く、張《は》り詰《つ》めていたがゆえに、ぷつりと切れやすかったのだ——由良《ゆら》はそこを突《つ》いた。僕や旭と接《せっ》する中で、それを精確《せいかく》に読み取って。

やはり、由良は危険《きけん》だった。すべてをぶち壊《こわ》す危険性を孕《はら》んでいた。

……さて、

これからどうする。

由良を、

どうする。

6

ひと気のない四階の廊下《ろうか》を進み、美術室へ。

開きっ放しになっていた扉《とびら》から、中を覗《のぞ》く。案《あん》の定《じょう》、由良はそこにいた。窓際《まどぎわ》の、ステンレスの流し台の前に立っていた。蛇口《じゃぐち》の一つから水を勢《いきお》いよく流し、前屈《まえかが》みになって、顔でも洗っているのかと思ったが……違《ちが》う。あれは、嘔吐《おうと》しているのだ。深く咳《せ》きこむように上体を痙《けい》攣《れん》させ、繰《く》り返《かえ》し何度もえずいている。体中の水分を搾《しぼ》り抜《ぬ》こうとでもするかのように。

僕はその後《うし》ろ姿《すがた》をジッと見ていた。

限界《げんかい》であることを訴《うった》えているその後ろ姿を。

とりあえず吐《は》き気《け》が収《おさ》まったところで、僕の気配に気づいたのか、由良は一瞬《いっしゅん》だけその涙目《なみだめ》をこちらに向けた。流し台に向き直り、顔を洗って口を漱《すす》ぐ。そして、エプロンの裾《すそ》で顔を拭《ふ》きつつ、いつもと変わらない調子で「口止めしに来たのか?」と言った——その姿がひどくやつれて、これまでより一回りも小さく見えたが、生物準備室《じゅんびしつ》を去ってからさほど時間は経《た》っていないのだから、きっと僕の気のせいだろう。

「……いや」

「じゃあ何」

僕の肩《かた》には通学に使っているカバンが下がっていて、ずっしり重い。参考書やスポーツドリンクのペットボトルが入っているからこんなに重いのではない。金鎚《かなづち》が入っているのだ。大道具を作るのに使っていたヤツ、その中でも一番でかくて一番重いヤツを、教室の共同道具箱から持ち出してきた。僕はこの金鎚で、

「俺の口に戸を立てる方法でも思いついた?」

「…………」

「意外と難《むずか》しいことでもないのかもよ」

そう言って弱々しく微笑《ほほえ》む由良《ゆら》は流し台から離《はな》れ、ぐっしょり濡《ぬ》れてしまったエプロンを外しながら、蝶《ちょう》の絵の前に立った。作り付けの戸棚《とだな》の上に立てかけられた、吉野《よしの》の絵の前に――僕に背《せ》を向けて。

……これは、なんだ。何かの罠《わな》か。こいつがこれほど無防備《むぼうび》になるなんて……いや、罠であろうがなかろうが、どっちでもいい。やり遂《と》げることができるなら、なんでもいい。僕は由良の背後《はいご》にそっと近づく。開けっ放しだったカバンの口に手を突《つ》っこむ。すぐに指に触《ふ》れる金鎚《かなづち》の柄《え》。それを握《にぎ》り締《し》める。

こんな状況下《じょうきょうか》で、僕は異常《いじょう》なくらい落ち着いていた。あまりにも冷静に客観視《きゃっかんし》できているので、その鮮明《せんめい》さに、眩暈《めまい》に似《に》た悦《よろこ》びを覚えた。鎮静《ちんせい》しているけど興奮《こうふん》している。地に足がついているけど浮《う》き足立《あしだ》っている。魂《たましい》が肉体から浮遊《ふゆう》するとこんな感じなのだろうか。これはなんなんだろう。僕の精神《せいしん》は今、異常な状態《じょうたい》なんだろうか。自分では正常《せいじょう》のような気がするんだけど、でもそれこそが異常ってことなのかもしれない。

そのとき由良が、よく通るハッキリした声で、言った。

「蝶を描《か》いてくれって、吉野彼方《かなた》に頼《たの》んだのは、俺なんだ」

僕はつい息を詰《つ》めて動きを止めた。あっちこっちに拡散《かくさん》しかけていた意識《いしき》のすべてが由良の声に集束《しゅうそく》していく。

由良は、外したエプロンをアンダースローで投げつけた。エプロンは、そばにあった石膏《せっこう》のヘルメス像に、ばさりと引っかかった。

「吉野彼方の描く絵が、すごく好きだった。俺はこんなふうに綺麗《きれい》に描けない」

僕は、ふと、我に返る。自分の目的を思い出す。

カバンの中で、金鎚を持つ手に力をこめる……手を伸《の》ばせば易々《やすやす》と由良に届《とど》く距離《きょり》。ここまで接近《せっきん》すれば、後は簡単《かんたん》だ。簡単なことのはずだ。今僕の目の前にあるこの物体を、とにかくめちゃくちゃに打《う》ち砕《くだ》けばいいんだ。この危険《きけん》な物体を。このいろいろな知識《ちしき》が詰まった頭蓋《ずがい》を。この精巧《せいこう》な造りの顔を。それだけでいいんだ。それだけで……

「吉野彼方はいつも、花の絵しか描かなかった。俺は他の絵も観《み》てみたかった。他のものをどんなふうに描くんだろうって、すごく興味《きょうみ》があった。だから、どうして花しか描かないのかって訊《き》いた。そしたら、逆《ぎゃく》に、何か描いてほしいものはないかって訊かれた。由良くんが描けというものを描く、と——そう言った」

何をしている。

こんな話に聞き入ってる場合じゃないんだ。早く動かないと。

早く。早く。早く。今しかないんだ。

しかし僕の体はなぜか動かない……

由良はお構《かま》いなしに話し続ける。「だから俺は、蝶がいいって答えた。安直な、ほんの思いつきだった……でも吉野彼方は、蝶を描くことに真剣《しんけん》に取り組み始めた」

手を伸《の》ばし、蝶《ちょう》の絵の、右下の空白に、そっと触《ふ》れる——

「吉野彼方《よしのかなた》がここに何を描《か》きこむつもりだったのか、ずっと気になってた。なんとかして探《さぐ》り当《あ》てて、できるものなら俺が完成させようかとも、思ったけど……でも、もうやめるよ。ムダなことだって分かったんだ。これは吉野彼方にしか描けない絵だ」

「…………」

吉野がここに何を描きこむつもりだったのか。

由良《ゆら》が本当に知りたいのは、それだったのかもしれない。

吉野の死の真相を突《つ》き止めれば、その答えを得られると思っていたのかもしれない……

いつしか僕の手には力が入らなくなっていた。手の中から滑《すべ》り落《お》ちた重い金鎚《かなづち》はカバンの底《そこ》に沈《しず》んで、カバンの紐《ひも》は再《ふたた》びずっしりと僕の肩《かた》に喰《く》いこみ、痛《いた》い。痛い。重い……こんな重いものを振《ふ》り回《まわ》して、人間の頭にぶつけようとしてたのか、僕は。なんだそれは。そんなことできるわけがない。まともな神経《しんけい》ではできない。現実感がない。そんなことが起こり得るのはフィクションの中だけのような気がしてきた。ほんの一瞬《いっしゅん》にしろ、自分にはできると、自分がやらなくてはいけないと、なんでそんなことを思ったんだろう。

突然《とつぜん》、由良がくるりと方向転換《てんかん》して僕に向き合った。

不意のことに驚《おどろ》いて、僕は思わず一歩後退《あとずさ》った。

由良は不思議そうな顔で、少し首をかしげた。

僕はそんな彼を直視《ちょくし》できない。

やがて由良はほがらかに微笑《ほほえ》んだ。「なんか飲む?」

「……え」

「俺、喉渇《のどかわ》いてんだよね、さっきから。……あ、そうだ、コーラがある。冷蔵庫に入ってるから、冷えてるよ。飲むだろ? 持ってくるから、そのへん座《すわ》っててよ」と言いながら、美術準備室《じゅんびしつ》にすたすたと入っていく。

開きっ放しの扉《とびら》から、冷蔵庫を開ける音が聞こえる。

僕は近くにあった椅子《いす》にへなへなと座りこんだ。カバンが肩からずり落ちて、床《ゆか》にゴトンと重々しい音を立てて落ちる。

視線《しせん》を、吉野の蝶の絵に移《うつ》し、そして僕は自問自答する。

何が正解《せいかい》なんだ。

正解はどこにある。

そもそも正解ってあるのか。

……でもさぁ、マークシートじゃあるまいし、四択《たく》か五択かで、世の中にあるすべての事柄《ことがら》に明確《めいかく》な選択肢《せんたくし》が用意されているわけはなくて、当然答え合わせもしないしできないし、だから間違《まちが》えたことには気づきにくいし、気づいたとしても解説《かいせつ》読んでハイ終わり、ってなワケにいかないんだよ。そういうもんじゃないんだよ。間違えたら間違えたなりにやらなきゃいけないことがあって、いろいろ複雑な手続きがあって、それをこなすことがルールなんだ。そんなのゴメンだとはねつけるのは筋違《すじちが》いであって、望んでるとか望んでないとかそういうの関係なくて、だって僕はもうこの世界に生きているわけだから、他の世界では生きていけないわけだから、ルールによって世界が回っている以上は、この世界に所属《しょぞく》していくために、間違《まちが》った者は正当な手続きを踏《ふ》まなければならないのだ。そんなことにも気づかなかったのか。バカだなお前は。ホントにバカだよ。

ほどなく、由良《ゆら》は両手にコーラの注がれたグラスを持って、戻《もど》ってきた。

一つを僕に差し出す。

「……ありがとう」

グラスを受け取り、僕はコーラに口をつけた——喉《のど》が渇《かわ》いていたのだろうか、僕はコーラをグビグビとあおった。シュワシュワ弾《はじ》ける甘い炭酸《たんさん》が爽《さわ》やかだ。冷たさが、舌《した》に、食道に、胃《い》に、しみ渡《わた》る……なんだか、人心地《ひとごこち》ついた。魂《たましい》が肉体に戻ってきた気分。

由良は僕の向かいに腰掛《こしか》けた。「劇《げき》の準備《じゅんび》のほうはどうですか？」

……世間話《せけんばなし》をするのか。僕と。

分かってんのか？　僕は今さっき、お前の頭をかち割ろうとしてたんだぜ。

そう言ったら、どんな顔するかな。

なんてね。

思わず苦笑してしまった。「……普通《ふつう》、かな」

「有志《ゆうし》でなんかやったりとかは？」

「いや、そういうのは、ない……由良は？」

「俺も、ない。でも、文化祭実行委員会から依頼《いらい》されて、ポスター制作、やった」

「え？　ポスターって……あのポスター？　メインビジュアルになってるヤツ？　駅とかにも貼《は》られてるヤツ？　あれ、由良が描《か》いたのか？」

「なぜ驚《おどろ》く」

「え、いや、だって……七月頭くらいからずっと、あちこちで目にしてたし……」

「はぁ。ちなみに去年のも俺作ですが」

「そ、そうなのか……へぇぇ……」

「実行委員会公式の依頼《いらい》は、縛《しば》りがキツいし面倒《めんどう》な部分もあるけど、旨《うま》みもそれなりにあるんで、やることにしてる」

「ふーん、旨み……」そういえば、と僕は続けた。「由良は、有志の『美男美女コンテスト』、毎年ノミネートされてるのに出場拒否《きよひ》してるって……」

「どこから聞いてきたんだそんなこと」

「なんで出ないの」

「そういうのはやりたいヤツだけやればいいんだ」

「賞品が豪華《ごうか》らしいけど……」

「俺が欲しいのは別のもんだ」そして由良《ゆら》は「ところで、なぁ、榎戸川《えどがわ》」と、これまでになく優しい声で言った。「美術準備室《じゅんびしつ》ってな、結構《けっこう》いろいろ危《あぶ》ない薬あんだよ」

「え？」

由良の出す話はたいてい唐突《とうとつ》だが、これはあまりにも予想《よそう》の外だった。

今度は、何を言い出すつもりだろう……

「たとえば白い顔料《がんりょう》は亜《あ》鉛華《えんか》や鉛白《えんぱく》から、黒い顔料はカーボンブラックから、赤い顔料は鉛丹《えんたん》っていうのからできてたりする。それぞれの鉱物《こうぶつ》に手を加えて、それぞれの色を得る。で、問題は黄色い顔料なんだけど、こいつは、クロム酸鉛《さんえん》を主成分とする黄鉛《おうえん》とか、硫化《りゅうか》カドミウムを主成分とするカドミウムイエローとかから作られる……でもこれって実は、すごいキツい毒《どく》だったりするわけ」

「…………」

「あんまり毒性《どくせい》強いから『毒物及《およ》び劇物取締法《げきぶつとりしまりほう》』の劇薬《げきやく》に指定されてたりね」

僕は、僕の手の中にあるグラスを、ジッと見つめていた。

このコーラ……

まさか、

「——大丈夫《だいじょうぶ》」

その声に弾《はじ》かれたように僕は顔を上げ、由良を見た。

由良は微笑《わら》っていた——

彼はコーラに口をつけていない。

「すぐに効《き》く。そんなに苦しまないと思う」

グラスが僕の手から滑《すべ》り落《お》ち、中身の液体《えきたい》を撒《ま》き散《ち》らしながら床《ゆか》に叩《たた》きつけられた。涼《すず》しい音をさせて、グラスは粉々《こなごな》になった。

「なぁ」

「……あ、」

「俺はな、あの蝶《ちょう》の絵の空白を何で埋《う》めるべきか、ホントはとっくに分かってたんだ——あんたの死だ。あんたの血で、あの絵を完成させる。だから、あんたの命を俺にくれ」

何を言ってるんだこいつは。

何を。

動悸《どうき》が速くなる。体が震《ふる》えだす。

まさか、
まさか、
まさか、
そんなバカなことが。

「嘘《うそ》だろ……」

「もちろん」

「……は？」

由良《ゆら》は「ぶはっ」と大きく吹き出した。

笑いをこらえて立ち上がり、教室隅《すみ》のロッカーから乾《かわ》いた雑巾《ぞうきん》とチリトリを持ってくる。

グラス片《へん》を手早くチリトリに載《の》せ、後は雑巾でさらさらと拭《ふ》く。

「いくらコーラが濃《こ》いもんだからって、顔料《がんりょう》なんか入れたら一発で分かるっつの。水に溶《と》けねーんだから。ふふ……あんたが絵に疎《うと》くてよかったよ、面白《おもしろ》いもんが見れた。あー、人がビックリしてる顔って面白い……」

僕は由良が手を動かすのを、ぼんやりと見ているしかなかった。あまりにも気が抜《ぬ》けて、ヘタに動くとチビりそうだった。ぶちまけられたコーラの甘い香《かお》りばかりが鼻に届《とど》く。

からかわれたのだ。

一瞬《いっしゅん》、怒《いか》りが膨《ふく》れ上《あ》がるが、
すぐに、くだらない、と思《おも》い至《いた》った。

「勘弁《かんべん》してくれ……」

「このパターン慣《な》れろって言ったろ」

「コップ割っちゃったじゃん……」

「ホント。景気よく行ったねぇ」

「……まったく」と、呆《あき》れ、
そして、とてつもない恐怖《きょうふ》が襲《おそ》ってきた。

——僕と由良は、たった今、殺し合いをしていた——

そのことに気づいて。

ただお互《たが》いに「一線を越えなかった」だけだ。「実行するかしないか」という薄皮《うすかわ》一枚の違《ちが》いだった。「幸《さいわ》いにも」僕は実行しなくて、「幸いにも」由良も実行しなかった。お互い「結果として死ななかった」ってだけの話で、お互いの頭の中でお互いは死んでいたんだ。

それをはっきりと自覚してしまって、僕は震えが止まらない。

ステンレスの流し台の前に立って、由良は雑巾をガラス片に気をつけながら洗い始めた。

由良は、どうだなんだろう。恐《おそ》ろしくないのだろうか。平然としているように見える。この男は、ホントに、何かを恐ろしく思うことなんか、ないのだろうか。それとも、彼の中ではすべてがジョークということになるのだろうか。——冗談《じょうだん》だって。信じた？　冗談だよ。いい加減《かげん》このパターン慣《な》れたら？　榎戸川《えどがわ》、冗談だよ——

……じゃあ、さっきゲェゲェ吐《は》いてたのは？

あれはなんだったんだ。

あれはジョークなんかじゃないだろう。

あれは由良《ゆら》の弱さの発露《はつろ》じゃないのか。

由良だってホントは、

「なぁ」

漫然《まんぜん》とした僕の思考を、由良の呼《よ》びかけが遮《さえぎ》る。

「悪いんだけど、その破片《はへん》、捨ててくれる？」と、目で、床《ゆか》に放置されたままの、破片の載《の》ったチリトリを示す。

「あ……ああ……」僕はチリトリを手に取った。「……えっと、ど、どこに」

「そこのゴミ箱でいいよ」と、由良は窓《まど》の下に置かれたゴミ箱を指差した。

覗《のぞ》きこめば確《たし》かにそれは不燃《ふねん》ゴミを入れるもののようだった。僕はそのゴミ箱にガラスの破片をザラザラと落とした。

開きっ放しの窓のそばに立つと、蟬《せみ》の声が一層《いっそう》大きく響《ひび》く。

日差しは強く、影《かげ》は濃《こ》い。まだまだ暑い日が続いていた。

陽光《ようこう》を受けて、ゴミ箱の中のガラス片《へん》は、宝石のように鋭《するど》い光を放っていた。

……こんな脆《もろ》いガラス片でも、ヘタすりゃ凶器《きょうき》だよな。まったく世の中は危険物《きけんぶつ》でいっぱいだ。もしまた由良から殺意を感じるようなことがあったら、今度はこのガラス片を武器《ぶき》にしてやろ。それで身を守ろ。僕は美術室のことにはあまり詳《くわ》しくないんだし、

……そうだ。

由良ならきっと美術室にいると思ったから、深く考えずに美術室《こ》まで来たけど、そもそも美術室《こ》は、由良のテリトリーなのだ——

「榎戸川」

いつの間にかずいぶん近づいていた由良の声に少しばかり驚《おどろ》きつつ、僕は振《ふ》り返《かえ》った。

「俺が知りたいことはもう一つある」

言うか言わぬかというところで、由良が素早《すば》く両手を伸《の》ばした。胸座《むなぐら》を摑《つか》まれる。それまで雑巾を洗っていた由良の手は、びしょびしょに濡《ぬ》れていた。あれっ？と思う間に、意外なほどの力強さで横に振られた。横っ面を、窓枠《まどわく》のアルミ柱《ちゅう》にガン！とぶつける。

「ぐっ」

チリトリを取り落としてしまった。チリトリは僕の足に当たってから、どこかへ飛んでいった。アルミ柱にぶつかった衝撃《しょうげき》で、眼鏡が顔から落ちた。カツンと床に落ちる音——僕はひどい近眼《きんがん》だ。眼鏡がなければ、目の前にあっても由良の顔はぼやける。

声だけが鮮明《せんめい》だった。

「四階から落ちた人間はどの程度《ていど》の確率《かくりつ》で死ぬんだろうな？」

「……え!?」

「ここから見る分には、四階ってそう高いようなもんでもない気がしないか？　どうだ？」

そう言って由良はさらに力をこめる。僕の上半身はズイッと窓の外に押《お》し出《だ》される——由良は特に剛力《ごうりき》というわけではなく、僕は特に非力《ひりき》というわけではないはずなのに、僕は由良《ゆら》の手を振《ふ》りほどけなかった。

「落ちても死ぬような高さではないように思えるんだよね、俺には……そう思えば思うほど、なぜ吉野彼方《よしのかなた》が死んでしまったのか、分からない。だから試してみたい。生きてる人間を使って──」

「なっ……」

「まずはあんただ、榎戸川《えどがわ》。それから旭《あさひ》を落とす。そして日高《ひだか》を落とす。全員落としてデータを取る。吉野彼方が死んでしまった理由。死ななければならなかった確率《かくりつ》。全部ハッキリさせてやる。それが吉野彼方の死の真相になるんだ。このまま埋《う》もれさせたりしない」

「……由良！……」

「さて現在のところ一戦一敗だからな。次はどうなるかな。うまく助かって、五分五分《ごぶごぶ》になるかな。それとも──」

「……由良、違《ちが》う！　由良！　待ってくれ！」僕は夢中で手を伸《の》ばし、由良の制服の袖《そで》あたりをどうにか摑《つか》んだ。「織恵《おりえ》は関係ないんだ！　旭が自分の責任を少しでも軽くしようとして、口からでまかせ言ったんだ！」

由良は黙《だま》っていた。

どんな表情をしているのか、僕には見えない。

「織恵は無関係だ！　だから織恵には何もしないでくれ、ホントのことは言わないでくれ――なぁ、由良!!」

由良は何も言わず、胸座《むなぐら》を掴む手に一層《いっそう》の力がこもり、僕の上半身はさらに窓の外に押し出された。眼鏡がないのでよく見えないが、足場がない空間に突《つ》き出《だ》されていることだけは分かる。足が床《ゆか》から浮《う》いて、妙《みょう》な浮遊感《ふゆうかん》に囚《とら》われる。

「ひ……」

落とされるのか。

落ちる……

落ちるのはどんな感じだろう。

飛ぶような感じだろうか。

落ちたときの吉野の顔はどんなだっけ――

彼女は……とにかく、驚《おどろ》いていたっけ。

こんな瞬間《とき》に、なぜかふと思い出されたのは、生物準備室《じゅんびしつ》での由良の声だった。――こいつだ。見ろ――鱗翅目《りんしもく》ジャノメチョウ科モルフォ亜科《あか》――中南米の広い範囲《はんい》に分布《ぶんぷ》しており――特にアマゾン川流域《りゅういき》で集中的に――大型の蝶《ちょう》――金属光沢《きんぞくこうたく》を伴《ともな》った青い翅《はね》を――樹液《じゅえき》や腐《ふ》敗《はい》した果実などに集まるときには――裏《うら》の地味《じみ》な枯葉模様《かれはもよう》を見せている……

そして、
クスリ、と、由良《ゆら》が微《かす》かに笑う気配。

「これも冗談《じょうだん》だよ、って言ったら、さすがに怒《おこ》るかな」

僕の胸座《むなぐら》から手を離《はな》す。

呼吸《こきゅう》が急に楽になる。僕は窓枠《まどわく》に取りすがり、肩《かた》で息をした。

僕は由良のほうを見た――

ぼんやりした彼のシルエットは、力なく頭《こうべ》を垂《た》れていた。

「全部、意味のないことだ……何をしても吉野彼方《よしのかなた》は戻《もど》らない……」

由良は足元に落ちていた眼鏡を拾うと、僕の手に押《お》し付《つ》けた。

「ふざけすぎたかな。悪かったよ。もうくだらない冗談《じょうだん》は言わない、二度と」

僕は、強張《こわば》り震《ふる》える手で、眼鏡をかけ直した。アルミ柱《ちゅう》にぶつけた頬《ほお》がドクドクと疼《うず》く。

ようやく顔を上げると、
眼鏡のおかげでクリアになった視界《しかい》に飛びこんできたのは、例の、何を考えているか分からない無表情。

「ただ、試したいのは本当だ」

「え？」

不意に、生ぬるい風が吹き、

由良は、窓の外に背中《せなか》から身を投げ出していた。

一瞬《いっしゅん》のことだった。何かをしたり言ったりする暇《ひま》はなかった。

青い空と白く光る校庭。開け放たれた窓の向こうを、人間が落ちていく——奇妙《きみょう》な痛《いた》みが視覚《しかく》に沁《し》みた。つい最近、僕は、これと同じ光景を見た。既視感《きしかん》というやつではない。確固《かっこ》とした過去であり、記憶《きおく》だ。夏の陽光《ようこう》の中で、由良と吉野が重なる。

思わず窓から身を乗り出した僕は、落ちゆく由良と眼《め》が合った。

どこか笑っているような、その双眸《そうぼう》。

由良《ゆら》はホントは誰《だれ》を一番に憎《にく》んでいたんだろう？
狭《せま》い生物準備室《じゅんびしつ》で吉野《よしの》を追《お》い詰《つ》めた旭《あきひ》？
問題用紙を盗《ぬす》もうなどと言い出した織恵《おりえ》？
窓《まど》の鍵《かぎ》を開けた僕？
すべてを目にしていながらすべてに口を噤《つぐ》んでいた僕？
織恵に想いを告《つ》げられずに旭みたいな男にまんまと奪《うば》われてしまった、僕？
それとも、吉野に蝶《ちょう》を描《か》かせた、自分自身？……
それとも……それとも……

端的《たんてき》に言えば——鎖《さ》骨《こつ》やら肋骨《ろっこつ》やらを折り、打撲《だぼく》による内出血で皮膚《ひふ》の広範囲《こうはんい》をタタリガミに憑《つ》かれたようなまだら模様《もよう》にし、全治《ぜんち》に数ヶ月かかるという診断《しんだん》を下されたが、内臓《ないぞう》や脳《のう》に損傷《そんしょう》もなく——とりあえず、由良は助かった。
由良も知らなかったようなのだが、美術室の窓の真下にあたる場所には、有志《ゆうし》が制作していた、文化祭時に校門に設置される入場門が、仮組《かりぐ》みの状態《じょうたい》で置かれていたのである。これは段《だん》ボールと発泡《はっぽう》スチロールでできた柔《やわ》らかいもので、由良はその上に落ちたのだ。

文化祭も終わった頃《ころ》、僕は学校近くにある総合病院に、見舞《みま》いに行った。

ベッドに貼《は》り付《つ》けられたネームプレートには『由良彼方《かなた》』と記《しる》してあった。

「もし俺と吉野彼方が結婚したら、二人とも由良彼方になって、非常《ひじょう》にややこしいことになったわけだ」

僕の視線《しせん》がネームプレートに向いていることに気づいたのか、ベッドの上で絶対《ぜったい》安静の由良が、おどけた口調でそう言った——いつだったか由良が言っていた「些細《ささい》なことだけど一生付きまとう、吉野とのもう一つの因縁《いんねん》」とは、このことを指しているのだろうか。

由良は窓の外を眺《なが》めながら言った。「ホントに運のない女だよ、吉野彼方ってのは」

「…………」

「吉野彼方は俺より軽かったし、体も柔らかかった。それに、俺なんかより、ずっとまともな人間だった。それなのに俺は生還《せいかん》して、吉野彼方は死んだ。生死を分けるものってなんなんだろうな？　神さまはどこに目をつけてるんだろう」

「……由良は、」

「ん？」

「死にたかったのか？」

窓から目を離《はな》し、由良は僕をまっすぐ見た。「死にたいと思ったことはない」

「でも、」

「言ったろ。試したかったんだ」

——四階から落ちた人間はどの程度《ていど》の確率《かくりつ》で死ぬんだろうな？


そうだな。

ただ純粋《じゅんすい》に、それを知りたかったんだろう。

こいつはそういうヤツだ。

自分の知りたいことを知るためならなんでもする。

どんな無茶なことでも。

「なら、僕を落とせばよかったのに」

「……ふはっ」由良《ゆら》は肋骨《ろっこつ》を折っているので、腹筋《ふっきん》使って笑うなんてのは当然アウトだ。それでもどうしても笑いが抑《おさ》えられないらしく、「いてて、いてて」と顔を引《ひ》き攣《つ》らせながら、痙《けい》攣《れん》するように笑っていた。ようやく笑いの波が引いたところで、あっけらかんと言う。「死にたがってるのはあんたのほうじゃん」

「死にたいわけじゃないよ」

「じゃあどういうわけ」

「…………」

今度は僕が、窓《まど》の外に目をやった——九月に入ったというのに、相変わらず暑い日が続いていた。しかし、いつしか陽光《ようこう》は殺意をなくしていた。樹木《じゅもく》の葉は、狂《くる》ったように鮮烈《せんれつ》な緑ではなくなった。蟬《せみ》の声も止んでいた。

秋が来るのだ。何事もなかったかのように。

「どうということはないんだけど、ただ……なんとなく、消えてしまいたくなることが、あるんだよな……なんかもういいや、みたいな……」

「バカだな。皆《みんな》そうなんだよ」

病室の扉《とびら》が開き、看護師《かんごし》さんが入ってきた。羨《うらや》ましいことに若くて綺麗《きれい》な女の人だった。どうやら、お待ちかね、お注射《ちゆうしや》の時間らしい。看護師さんは、僕を見ながら由良に「お友達？」とにこやかに尋《たず》ねたが、由良は笑ってごまかして、なんとも答えなかった。

看護師さんが去った後も、僕らはしばらく喋《しやべ》らないでいた。

「可哀想《かわいそう》に」

由良は不意にそう言うと目を閉じ、黙《だま》りこんだ。眠《ねむ》ったらしい。注射が早くも効《き》いているのだろうか。黙ってさえいれば無害な美人なのにねと思いながら、僕は病室を後にした。

眠《ねむ》りに落ちる直前、由良《ゆら》は誰《だれ》を哀《あわ》れんでいたのだろうか。

その後、一度だけ、由良の描《か》いた絵を目にする機会があった。かなり大判《おおばん》の大作で、なんかのコンクールで入賞して、なんかの偉《えら》い人にすごく褒《ほ》められたらしい。全体的に青っぽいのだが、一切が明確《めいかく》な形を持たず、数種類のパターンが交錯《こうさく》し、意図不明の線が縦横《じゅうおう》無尽《じん》に画面を走る、いわゆる抽象画《ちゅうしょうが》だった。本人によれば「俺なりにチョウチョってものを描いてみた」ということだったが、僕にはこの絵のどのへんが蝶なのかよく分からなかった。由良の右脳《うのう》の中ってもしかしたらこんな感じなのかもな、とだけ思った。

由良の本性であるところの「冷徹《れいてつ》な観察者《かんさつしゃ》」なる一面は、「絵を描く」という場面に於《お》いて最もその本領《ほんりょう》を発揮《はっき》するように思われた。そして、これを本性とする由良という人間はやはり、絵を描くべくして生きる人間なのだろう。

絵の隅《すみ》には『Kanata Y.』とサインが入っていた。きっと由良は、自分の絵にサインを入れるたび、吉野のことを思い出すに違《ちが》いない。心の傷《きず》に触《ふ》れるに違いない。——俺は、トラウマって言葉を免罪符《めんざいふ》にしようという考え方、好きになれない。人間なら誰だって塞《ふさ》ぎきれない傷の一つや二つ負ってるもんなのに、殊更《ことさら》にそれを主張《しゅちょう》するのは『俺って呼吸《こきゅう》してるんだぜ』と自慢《じまん》するようなもの……そう言ったのは他ならぬ由良だった。由良はこれからも、呼吸するように絵を描くのだろう。呼吸するようにその絵にサインをし、呼吸するようにトラウマを受《う》け容《い》れるのだろう。

――そして、春。由良は本人の希望通り「近所の美大」へ進学した。

織恵《おりえ》とはあれ以来、口をきいていないしメールもしていない。だから、どこへ進学したのか、分からない。旭《あさひ》とは別れたということを風の噂《うわさ》で聞いたけど、だからどうしようという気も起きなかった。

三組で進学しなかったのは、自主退学《たいがく》した僕と旭だけだった。

でも、これでよかったと思ってる。

1

三限目の授業が終わり、休み時間。

生あくびをしながら、私は一人で女子トイレに入った。連れションする習慣《しゅうかん》と友人は持ち合わせていない。

それにしても、眠《ねむ》い。

ホントに眠い。

こんなに眠い眠いと思いつつも、私は授業中に居眠《いねむ》りできないタチだった。ウトウトすることはあっても、顔を伏《ふ》せてぐっすり眠ることはない……

少々ぼんやりしながら個室で用を足していると、手洗い場付近で、数名の女子が雑談を始めたのが耳に届《とど》いた。

「どう？　姫《ひめ》は」「姫はねー、いけませんね」「ダメですか」「ダメです」

二〜三人で話をしているところに、また一人か二人が加わった気配。

「ねー、何？　なんの話？」「姫って誰《だれ》のこと？」

クスクスと忍《しの》び笑《わら》い。

「うちのクラスの転校生」

私は、鍵《かぎ》にかけようとしていた手を、宙で止めた。眠気《ねむけ》も吹っ飛ぶ。

転校生って……

私のこと？

「授業終わったらソッコー帰るの、あの人」

確定《かくてい》。私のことだ。

本人が個室にいることも知らず、女子数名は井戸端《いどばた》会議を続ける。

「ホントに、ね、サーッと帰るよね、あの人。何も言わずに。毎回ビックリしちゃう、あのふてぶてしさには」「皆《みんな》、文化祭に向けて頑張《がんば》って作業してんのにさぁ。あいつにだって一応《いちおう》、係の仕事、あげてんだよ？」「下々の者とは一緒《いっしょ》に作業できませんわーってか」

「ああ、だから『姫』？」

「そうなの」「あの澄《す》ました顔、まさに姫ってカンジ」「ホントとっつきにくいよ。全然、笑わないの。何言っても暖簾《のれん》に腕押《うでお》しっつか」「何さま？」「髪《かみ》とかも、姫っぽいし。ムダに長くてムダにサラッ」「いやしかしあれは、姫っつーか、むしろサダコ」

押《お》し殺《ころ》したような笑いが起こる。

「思った、サダコ！　私も思った！　サダコ来たー！って」「あの娘《こ》、お化け屋敷《やしき》の中にぶら下げとけばいいんじゃない？」「それ怖《こわ》すぎでしょ」「なんであんなに伸《の》ばしてんのかな？　暑くないのかね？」「知らなーい」

……なんでってね、

美容室で髪《かみ》を切るだけの金銭的余裕《きんせんてきよゆう》がないからよ。

自分で切るのも怖《こわ》いから放置してるだけよ。

くだらない理由で悪かったわね。

それから彼女らの話題は、文化祭のことに移《うつ》った。……もー、いいから、さっさとどっか行ってよ。なんでそんなとこでダべるのよ。出るに出られないじゃない。

始業のチャイムが鳴ったところで、ようやく彼女らはトイレから出て行った。

やっと行ったか……私も、早く行かないと。授業に遅《おく》れてしまう。

そう思うのだが、

個室から、出られないでいた。扉《とびら》の前で立ちすくんだまま、動けないでいた。全身が硬直《こうちょく》していた……やっぱ、自分の陰口《かげぐち》を直接《ちょくせつ》耳にするのは、厳《きび》しいものがある。

高校二年生の二学期、離婚《りこん》する母についていくのに伴《ともな》って、私は転校した。

新しい家から歩いて行けるところにあるのは一校だけだったから、そこを受けた。私はバス通学でも電車通学でもよかったんだけど、母が近くの学校を強く望んだ。

そこは、周辺ではトップクラスの進学校だったけど、転入《てんにゅう》試験はなんとかパスした。前の学校で勉強ばっかりやってたおかげだろうか。

新しいクラスメイトになった子たちは、万事に慣《な》れてない私に親切に接《せつ》してくれて、仲良くしようとしてくれてるけど、やはりどこかギクシャクしていた。主な原因《げんいん》は、私の愛想《あいそ》が悪いから。気のいい返事をしないから。

協調性が乏《とぼ》しいことは自覚してる。

でも、それを差し引いても、同じ年頃《としごろ》の女の子ってちょっと苦手なんだよね……

あのテンションについていけない。

気を遣《つか》わずに思ったことを言うと「キツい」とか言われて敬遠《けいえん》されるし。

じゃあ最初からかかわらないほうがいいのかな、って。

そんな私がまず美術部に入ろうと思ったのは、せめて自分の世界に入りこめる場所が欲しかったからかもしれない。誰《だれ》にも邪魔《じゃま》されずに絵を描《か》ける場所が欲しかったからかもしれない。

教室にはかしましいクラスメイトがいる。家にはアイツがいる。——今の私には、思う存分《ぞんぶん》絵を描ける環境《かんきょう》がなかった。でも私は絵を描きたかった。だから。

「前の学校でも美術部だったの？」

廊下《ろうか》で歩きながらそう訊《き》いたのは、美術部の部長さん。三年の男子で、背《せ》の低い、眼鏡をかけた優《やさ》しそうな人だった。

放課後、職員室で、入部希望の旨《むね》を美術部顧問《こもん》の先生に告《つ》げていたとき、たまたま鉢合《はちあ》い、四階の美術室までつれていってもらえることになったのだ。

「はい」

「うちはねー、弱小だよ。三年は俺ともう二人。二年と一年は、男子が一人ずつ。幽霊《ゆうれい》部員はけっこーいるんだけど、実動はそんなもん。三年が卒業したらどうなるんだろうって感じ。だから、君が入ってくれると、すごく助かる」

少人数のほうが断然《だんぜん》いい……とは、思ったけど口にしない。

やがて美術室に到着《とうちゃく》。鼻に届《とど》く絵の具のにおいが、少し懐《なつ》かしくて心地《ここち》いい。

「入部届《とどけ》持ってくるから、そのへん座《すわ》って待ってて」

そう言って部長さんは、美術準備室《じゅんびしつ》に入っていった。

扉《とびら》の隙間《すきま》からちらりと見えた美術準備室には、合皮張《ごうひば》りの茶色いソファが置かれていた。

……あのソファ、寝心地《ねごこち》よさそう。

いつかお世話《せわ》になることもあるかもしれない。

心に留《と》めておこう。

美術室の窓《まど》は、大きく開け放たれていた。涼《すず》しい風が吹きこんでくる。私は窓際《まどぎわ》に置いてあった椅子《いす》に腰掛《こしか》けた。外を眺《なが》める。遠くまで気持ちよく見わたせた。

四階の隅《すみ》にあるせいか、静かでひっそりしている。思った以上にステキな場所で、嬉《うれ》しくなった。こんなところで絵が描《か》けたら楽しいだろうな……

そのとき、背後《はいご》に、気配を感じた。

振《ふ》り返《かえ》る。

私のすぐ後ろに、いつの間にやって来ていたのか、男子が一人、立っていた。

彼は私をまじまじと眺《なが》めていた。「うーん」

「え？」

「これは――……」

「……何か用？」

「ねぇ、あんたさ、」

「はあ」

「髪《かみ》の毛ちょうだい」

「……は!?」

何言ってんのこの人。

冗談《じょうだん》を言っているような顔つきではない彼は、機械仕掛《じか》けの人形のように繰《く》り返《かえ》した。

「髪の毛ちょうだい」

「どっ、どういう意味？……」

「そのまま。あんたの髪の毛、俺、欲しい」

「……な、な、何言って……なんて……」

「ちょっとでいいんだけど……」

彼が腕《うで》を伸《の》ばしてくるので、私は慌《あわ》てて自分の髪《かみ》を手で押《お》さえ、身を引いた。しかし私が座《すわ》ったのは窓際《まどぎわ》なので、後退《こうたい》しようにもできない。私がオロオロしているうちに、彼は躊躇《ためら》うことなく、私の頭を両手でガッと摑《つか》んだ。

「う⁉」

「あんた、とてもいい形の頭蓋骨《ずがいこつ》をしてる」

「え⁉　頭蓋骨⁉」

「頭頂部《とうちようぶ》の滑《なめ》らかさも然《さ》ることながら、後頭部からうなじにかけてのラインが秀逸《しゆういつ》だ」と言いながら、私の頭をグリグリグリグリ。

ぎゃ――っ。

頭を揉《も》みくちゃにされながら、私はどうにか抗議《こうぎ》した。「やめてぇ！」

「物は相談なんだけど、今から頭の型取らせてくんない？」

「バカじゃないの⁉」

ゴッ。鈍《にぶ》い音がして、変人が前につんのめった。

戻《もど》ってきた部長さんが、変人を思いっきり殴《なぐ》ったのだった。

「ユラぁ！」

ユラと呼《よ》ばれた変人は、不服そうに部長を睨《にら》んだ。「痛《いた》い」

「お前、何やってんだ！」

「何って」

その隙《すき》に私は、変人の腕を振《ふ》りほどき、ズルズルと椅子《いす》ごと離《はな》れている。

「この人の髪の毛をもらおうと」

「あほんだら！　犯罪《はんざい》だぞ！」

「でも、合意の上で」

「どう見ても嫌《いや》がってただろ！」

「えっ……」ユラくんはたいへん意外そうに目を丸くしながら、すでにかなり距離《きょり》を取っていた私を見やって、「ヤだった？」

私はもう言葉もない。

部長さんはユラくんの制服を摑んで引きずって、私からさらに引き離してくれた。

「お前なぁ、女の子に髪なんかもらって、どうするつもりだったんだ？」

「貼《は》ります」

「え？」

「只今《ただいま》コラージュ制作中でして」

「……コラージュに人毛使う気だったのか!?」

「面白《おもしろ》そうでしょ」

「怖《こ》ぇーよ！」

「いろんな素材《そざい》をペタペタしたいんです。なんかこう……ぐちゃぐちゃなカンジで……」

「自分の使えよ。髪の毛ならお前にも生えてんだろ」

「俺のでは短いんです。それに」と、ユラくんは私を——私の髪《かみ》を、見やる。「あの人の髪だから使いたいと思ったんです。あんなに綺麗《きれい》な髪は滅多《めった》に見ない。あの髪がいい」

部長さんは「さらっと殺《ころ》し文句《もんく》言うなぁお前」と呆《あき》れているような感心しているような。

しかし、動機はなんであれ、

「……ダメよ、いやだからね！」

「ちぇ」

ユラくんは口を尖《とが》らせつつ、フラフラと離《はな》れていった。

部長さんは「ホントにごめんね」と申し訳なさそうに言いながら、私のそばに戻《もど》ってきた。

「あの……あれ、誰《だれ》ですか？……」

「さっき言った、唯一《ゆいいつ》の実動二年生」

そう言って部長さんは、入部届と一緒《いっしょ》に持ってきた部員名簿《めいぼ》を開き、一点を指で示した。そこには『二年一組・由良彼方《ゆらかなた》』と書かれてあった。

「……ユラ、カナタ？」

「変わってるけど、悪いヤツじゃない……って、説得力ないか、この状況《じょうきょう》じゃ」

「美術部の人、なんですよ、ね」

「う……うん」

「二年生が一人ってことは、このまま行けば将来的には彼が部長に……」

「いやー、君が入ってくれれば君が部長になる場合もなきにしもあらず」

「……あの」

「はい？」

「入部……ちょっと、考えさせてもらっていいですか」

「えー、あー……まぁ、そうなるよねぇ……」

部長さんはガックリ項垂《うなだ》れた。


美術部がダメとなればもう用はないので、さっさと学校を後にした。

バイトに行く前に、一度、家に帰ることにする。

製菓《せいか》工場内の包装《ほうそう》・箱詰《はこづめ》作業で、人と喋《しゃべ》らなくていいという点ではラクだし、給料もそこそこなんだけど、眠気《ねむけ》を誘《さそ》う単調作業と長時間の立ちっ放しは、慣《な》れるまで少々キツかった。

学校は、アルバイト禁止だ。

でも、辞《や》められない。自分で稼《かせ》がないといけないし。

誰《だれ》にも頼《たよ》れないんだから……

学校から歩いて二十分くらいのところ、住宅街の片隅《かたすみ》に、親類がオーナーの貸家がある。前の住人が出て行ってからすでに何年も経《た》ってるらしいけど、ちゃんと手入れされてて不都合《ふつごう》はなかった。

玄関《げんかん》の鍵《かぎ》を開け、そっと扉《とびら》を開けて、家の中の音に耳を澄《す》ます。

でも、何も聞こえてこない――今日は、アイツ、いないみたいだ。

よかった。

私は安心して家に入った。二階へ上がり、新しい自分の部屋《へや》へ。

カバンをベッドに放り出す。

制服を着替えようとしたとき、背後《はいご》で物音がした。振《ふ》り返《かえ》って、危《あや》うく悲鳴を上げるところだった。部屋の扉が少し開いており、その隙間《すきま》に収《おさ》まるようにして、Tシャツにトランクスというだらしない格好《かっこう》をした中年の男が一人、突《つ》っ立《た》っていた。

コイツ、いたのか……

そうか。お母さんの部屋で寝《ね》てたんだ。

「……何してるのよ」

「いや、物音したんで」

「私の部屋に私がいちゃ悪い⁉　早く閉めて！」

私の言い方が悪かった。ホントは「部屋から出て、扉を閉めて」と言いたかった。でもヤツは言葉尻《じり》を捉《とら》えた。部屋にさらに入りこんで、扉を閉めようとしたのだ。曖昧《あいまい》に笑いながら。

「ねー、ちょっとお願いあんだけどさ」

背筋《せすじ》が凍《こお》る。「入らないでよ！」

「久しぶりに会うのに相変わらずキツいなぁ」

こいつは毎度毎度何が楽しくてヘラヘラしているのか。

ちなみに、職業は「ミクストなんたらかんたらクリエイター」らしい。「なんたらかんたら」のところには、ソレっぽい横文字が並《なら》んでいたが、記憶《きおく》しておく必要があるとは思えなかったので、忘《わす》れた。具体的に何をやる職業なのかよく分からない。素直《すなお》に無職と言えばいいのに。

「……出てって！」

私はヤツに歩み寄り、部屋から押《お》し出《だ》した。ホントは近づきたくもなかったけど。

ヤツはへろへろとした足取りで、私に押されるがまま、廊下《ろうか》に出た。

そして私は乱暴《らんぼう》に扉を閉めた。

「お前さー、普段《ふだん》どこで寝起きしてんの？」

扉の向こうから声がする。まだ部屋の前にいる。

私は答えず、ノブを回せないように強く握《にぎ》り、背《せ》で扉を押さえた。

「オトコでもいるの？」

「………」

「俺も心配してるんだよー」

「………」

「ダメなんじゃない、若い女の子がフラフラしちゃ」

ガリリリ……

この音。

引《ひ》っ掻《か》いている。扉《とびら》を。爪《つめ》で。板一枚隔《へだ》てた向こう側でアイツが。

ぞわっと身の毛がよだった。

この部屋《へや》どうして鍵《かぎ》がついてないの。アイツが本気で開けようとしたら、私の力だけで防《ふせ》げるわけない。開けられたらどうしよう――

そのとき、バン！と扉が叩《たた》かれた。

私は自分自身が叩かれたかのように飛び上がった。悲鳴はどうにか嚙《か》み殺《ころ》す。

「聞いてんのか、コラ！」

「……何よ!?」

「お願いあんだよー」

「何！」

「お金貸してほしいなー」

「！……」

この野郎……まだタカるつもりなの。

いやだ。ホントはお金なんか渡《わた》したくない。屈《くっ》するのは悔《くや》しい。

でも、どうしようもなく怖《こわ》い。早くここから立ち去ってほしい。

その一心だった。

「居間《いま》の、白い棚《たな》の抽斗《ひきだし》に、オレンジ色のポーチがある。そこに、いくらか……」

直後、扉の向こうから気配が消え、階段《かいだん》を降《お》りる音がした。

脱力《だつりょく》して思わず座《すわ》りこみそうになる……でも、グズグズしてられない。

この家から早く出なくちゃ。

早く。早くしないと。

そのへんにあった適当《てきとう》な服に着替えて、カバンに制服と着替えと勉強道具を詰《つ》める。クロッキー帳と鉛筆セットも。

カバンを抱《かか》えて、階段を駆《か》け降《お》りる。

「どこ行くんだよ」

居間からアイツの声がしたが、無視《むし》し、私は家を飛び出した。

行く当てはない。

泊《と》めてと頼《たの》めるような知り合いはいない。ホテルに泊まれるほどお金を持ってない。とはいえ屋外《おくがい》で寝《ね》るのはさすがに怖《こわ》い。

だから最近は、二十四時間営業のネットカフェに潜《もぐ》りこんでいた。十八歳以下は何時を過ぎたらネカフェにはいちゃいけないっていう条例があるみたいなんだけど——実は、私は以前、前の学校近くの電話ボックスで、ネカフェの会員証《かいいんしょう》を拾ったことがあった。それを、交番などには届《とど》けず、こっそり利用させてもらっている。

会員証カードの裏《うら》に書かれている名前を見ると、元の持ち主は女性。しかもどうやら十八歳以上らしく、その会員証を使って来店した私は、規定《きてい》の時間を過ぎても店の人から何か言われるようなことはなかった……私って見た目明らかに未成年なんだけど、誰《だれ》も何も言わないし、そのへんは、なあなあになってるんだろう。

その会員証で入店できるネカフェは、このあたりではS駅前にしかなかった。S駅は私の家からはちょっと離れていて、電車代もかかるのが正直痛《いた》いところではあるんだけど、その分、学校関係者に見咎《みとが》められる可能性《かのうせい》も低くなると思ったので、結局いつも利用している。

自宅で眠《ねむ》るのは、あの男がいないときを見計らってということになるから、二日か三日に一度くらい……でも、アイツが家に来るようになって以来、私は自宅で安眠《あんみん》したことはない。

どこにも行き場のない私はとにかく宙ぶらりんで不安定で、気の休まることがない。

今日も、最終的には、S駅前のネカフェに落ち着くんだと思うけど。

……でも、やっぱり、あんなところで安眠なんてできっこないのだ。

とりあえずは今からバイトに行かないといけないから、夕方の住宅街を早足で進む。

2

すごく盛《も》り上《あ》がるらしい。毎年九月初旬《しょじゅん》に開催《かいさい》される、この学校の文化祭は。

運動会とか遠足とか、その他の行事が少ない代わりに、文化祭の準備《じゅんび》に相当の時間と労力を、惜《お》しげなく費《つい》やすのだという——本日水曜も、このクラスは四限目の授業を潰《つぶ》し、文化祭の準備にあてていた。他のクラスも、そうしているところは多いみたいだった。四限目なら昼休みまで持ちこめるから。

私が転校してきたのは二学期の始業式の日で、その日は文化祭まであと十日を切ったところだったから、準備も山場を迎えていて、誰もがソワソワと忙《いそが》しそうだった。そんな中、自分も作業を抱《かか》えて奔走《ほんそう》している中で、協調性皆無《かいむ》の私をどうにかクラスに馴染《なじ》ませようと努力した若干《じゃっかん》数のクラスメイト女子は、なんていい人！と称賛《しょうさん》されていいのかもしれない。

それを徒労《とろう》に終わらせたことは申《もう》し訳《わけ》なく思うけど。

私が教室に居《い》つかなくなるのに、そう時間はかからなかった。

祭りの準備《じゅんび》は面倒《めんどう》くさいばかりじゃない。これを機会に、友達の新たな一面を知って友情を深めるのもいい。今まであまり親しくなかったクラスメイトと親しくなるのもいい。意中の人とお近づきになってもいいだろう。親しくなろうという努力をしない転校生の相手なんかするより、皆《みんな》でワイワイやってるほうが楽しいに決まってる。私《わたし》も、転校生のことなんか気にせず、皆で楽しくやってもらいたいと思ってる。

それに、私も、することがないではなかった——とある放課後の掃除《そうじ》時間、ゴミ捨てに行く途中《とちゅう》、偶然《ぐうぜん》発見したのだ。校舎と自転車置き場の間にあるスペースで、夾竹桃《きょうちくとう》が花を咲かせているのを。徒歩通学の私は、自転車置き場に近づいたことがなかったので、今まで、そんな場所があることも、そんな花が咲いてることも、知らなかった。花が咲いてる時期に気づけてよかった。

そうだ。美術部なんか入らなくても、絵は描《か》ける。

クロッキー帳と鉛筆セットを抱《かか》えて、私は目当ての場所に足を運んだ。犬走《いぬばし》りの端《はし》の、夾竹桃がよく見える場所に陣取《じんど》る。夾竹桃の香《かお》りに満ちた空間。

九月頭では、日差しはまだまだ強烈《きょうれつ》だが、物陰《ものかげ》に入れば涼《すず》しいくらいだった。背《せ》にしているのは校舎の外壁《がいへき》で、内部は食堂になっていた。今の時間帯、食堂を利用している人はいない。だからこのあたりはひっそりしていた。私はスケッチに集中できた。

久々の充実感《じゅうじつかん》。

落ち着く。

　花を一つだけつけた小枝が、ぽつんと地に落ちていた。それを拾い、花びらのこの色をどの絵の具を使ってどうやって塗《ぬ》ればいいかと考えながら凝視《ぎようし》していたら、校舎の陰から、複数名の話し声が聞こえてきた。聞き耳を立てるつもりはなかったけど、なんとなく、話の内容が耳に入ってきた――男子一人と、女子が数人、何やら押《お》し問答《もんどう》みたいなことをしている。女子たちが揃《そろ》って「お願い」「今年こそ出てほしいの」と頼《たの》みこんでいるのに、男子のほうは「絶《ぜっ》対《たい》やだ」の一辺倒《いっぺんとう》で、譲《ゆず》らない。

　あんなに熱くなって何を言い合ってるんだろう？　このタイミングだから文化祭がらみのことだろうと思うけど……ま、どうでもいいや。私には関係ないことだし。

　私の意識《いしき》は再《ふたた》び夾竹桃に集束《しゆうそく》していく。

　絵を描くときは、可能《かのう》な限《かぎ》りモデルを目の前にして描きたい。資料《しりよう》として写真などを見て描いても、どうも自分的にしっくり来る出来にならないのだ。だからか、抽象画《ちゆうしようが》みたいなものは苦手だった。描こうと思えば描けるけど、やはりなんだか「それっぽくしようと努力した」感の溢《あふ》れるものになってしまう……けど、描けないものをムリに描くこともない――

　何者かに、死角から、髪《かみ》をツンと引《ひ》っ張《ぱ》られた。

　驚《おどろ》いて振《ふ》り返《かえ》ると、いつの間にこんなに近づいていたのか、昨日美術室で遭遇《そうぐう》したあの変人が、そこにいた。なぜか、水が入ったアルミのバケツを手に提《さ》げて。

「……う!?」

彼は、性懲《しょうこ》りもなく私の髪《かみ》を一束《ひとたば》手に取り、しげしげと眺《なが》めていた。「やはり頭蓋骨《ずがいこつ》がいいとキューティクルもいいんだろうか……」

意味不明のことを呟《つぶや》いている彼から慌《あわ》てて距離《きょり》を取り、クロッキー帳を抱《かか》えこみ、私は脱兎《だっと》の勢《いきお》いで逃《に》げ出《だ》した。

しかし由良《ゆら》くんは、そんな私を猛追《もうつい》し始めたのである。

「いやっ……なんで!?」

「なんで逃げる!?」

「なんで追いかけてくるの!?」

「逃げるからだ!」

何それ!?

自転車置き場をダーッと駆《か》け抜《ぬ》け、ゴミ捨て場で折り返し、再《ふたた》び自転車置き場を抜けて、やがて元いた場所に戻《もど》り――私と由良くんは、夾竹桃《きょうちくとう》を間に挟《はさ》んで拮抗《きっこう》した。

暑い中の追いかけっこだったので、お互《たが》い、汗《あせ》を滲《にじ》ませ肩《かた》で息をしている。

夾竹桃の枝越しに、無言で睨《にら》み合《あ》うが……

これでは埒《らち》が明かないと思ったので、私から白旗《しろはた》を揚《あ》げることにした。

「……分かった……もう逃げない……逃げないから追いかけないで……」

彼はニヤーと笑った。「いいだろう……」

これなんなのホントに。

そして唐突《とうとつ》に気づく。今さっき、そこで複数の女子を向こうに回して「やだ」と言い張《いは》っていた男子は、彼だ……

それはともかく、観念した私は、さっきまで座《すわ》っていたところに座り直した。

由良くんは、夾竹桃の下に放置していたアルミバケツを持ち直し、まるで好青年のようにニコニコしながら、私の横にやってきた。

「何描《か》いてたんだ？」

そう言って、首を伸《の》ばして私の手元を覗《のぞ》こうとしたので、私はクロッキー帳をさらに強く抱えて隠《かく》した。ぎゅーっと三角座りして、防御《ぼうぎょ》の姿勢《しせい》。

「別に。そのへんの……木とか」

私はまだゼエゼエ息が上がってるっていうのに、由良くんは、もう、ついさっきまで爆走《ばくそう》していたのが嘘《うそ》のようにケロッとしていた。

「見せて」

「……いや」

「なんで」

「見せるほどのものじゃないし」

「じゃなんで描《か》いてるの」

「なんで って……」

「絵エ描くの好きなんだろ。こんな時間にこんなとこで一人でやるくらい」

「…………」

……そうだけど。

でもそれがなんだっていうの。

それよりもとにかく今は、絵の続きを描きたい。せっかくいい感じに集中できてたのに。由《ゆ》良《ら》くんがそこにいると描きにくいんだけどな。あっち行ってくれないかな……だいたい、なんでこの人いちいち私にからむのよ。

私の不満をよそに、由良くんは、アルミのバケツをゴツンと地面に降《お》ろし、私の斜《なな》め後ろにヤンキー座《ずわ》りした。バケツには、水が半分ほど入っていた。

そして由良くんは、制服の胸《むね》ポケットから、白く細い棒状《ぼうじょう》のものを一本取り出し、堂《どう》に入った手つきで口元に運んだ。それが視界《しかい》の端《はし》に見えて、私は内心でギョッとしてしまった……あれってもしかして、タバコ？　まさかこの人、吸うの？　今ここで？　嘘《うそ》でしょ。

由良くんが、ふーっと深く息をついた——と、棒の先端《せんたん》から溢《あふ》れ出《で》たのは、紫煙《しえん》ではなく、ポワッとしたシャボンの泡《あわ》。……私がタバコと思いこんでいたものは、ただのストローだったらしい。ちゃんと見ていれば一目瞭然《いちもくりょうぜん》だったんだけど。

　ということは、このバケツに満ちているのはただの水ではなく、おそらくシャボン玉液《えき》。直径十センチくらいに膨《ふく》らんだシャボン玉がストローから離《はな》れ、ヘロヘロと地に落ちる。由良くんは「むふふ」と低く笑った。「今、俺、シャボン玉にはまってるんだ」

「そ、そう……」

「やる？　ストローまだあるよ」

「……いい」

「ところで話変わるけど、クロッキー帳見せて」

「え……しつこい……やだって言ってるのに……」

「そういや、あんた、名前は？」

「あ、私……私は、マスダ……」

「フルネームは？」

「ま、益田水衣《ますだみえ》」自分のことはあまり話したくない。話をそらすべく、慌《あわ》てて訊《き》く。「さっき、そこで、何を熱心に頼《たの》まれてたの？」

「聞いてたのか」

「聞こえたの。ここに来たのは私のほうが先だったもん」

「大したことじゃない」

「なんだか知らないけど、あんなに頼んでたんだから、顔出すくらいしてあげればいいのに」

「顔を出したら負けだ。それに、手が回らない」

「忙《いそが》しいの？」

「今の俺はシャボン玉のことで手いっぱいだ」

「……シャボン玉って……クラスのほうは？　行かないの？」

「興味湧《きようみわ》かないんだよねぇ……そう言うあんたのクラスは何するの？」

「え？　えっと、」

……ん？

あれ？

「なんだっけ……」

「ぶははは。同類。同類」

この人にだけは同類とか言われたくないんですけど。

くそー……初対面のときからやられっ放しな気がする。

髪引《かみひ》っ張《ぱ》られたし。意味なく追いかけられたし。絵を描《か》く邪魔《じやま》されたし。

なんか、こう、一矢報《いつしむく》いたい。

「由良《ゆら》くん」私はクロッキー帳を閉じて脇《わき》に置いた。「髪、邪魔じゃない？」

「ん？」

由良くんの髪は伸《の》ばしっ放《ぱな》しという感じで、男子にしては長いほうだと思う。俯《うつむ》いたりするとゾロッと髪が落ちてきて、目元が隠《かく》れてしまう。

私はポケットからヘアゴムを取り出した。「それじゃシャボン玉もしにくいでしょ？　結《ゆ》ってあげる」

そうでもないけど、と呟《つぶや》く由良くんを無視《むし》して、私は由良くんの背後《はいご》に回り、サイドの髪をかき集め、高い位置で無理やり一つ結びにした。チョンマゲみたいな感じ。そしてその結び目に、今までずっとひそかに持っていた夾竹桃《きょうちくとう》の小枝を、そっと挿《さ》してやった。小ぶりなピンク色の花がふんわりと咲いているヤツ。

天然の簪《かんざし》だ。かーわいい。

私は笑いをこらえながら手を離《はな》した。「はい、できた」

「んー」と由良くんは手を伸ばし、結び目に触《ふ》れようとした。

私はその手を摑《つか》んだ。「結び目には触《さわ》らないで。長さギリギリなの。ほつれちゃう」

由良くんは素直《すなお》に手を下ろし、グッと前のめりになった。先ほどと比べて、だいぶ髪が顔にかぶらなくなった。「……おー」

「楽でしょ」

「うん」由良くんは私を見上げ、機嫌《きげん》良さそうに笑った。「ありがとう」

ふふん。

どういたしまして。

午後の授業をこなして、放課後。

文化祭の準備《じゅんび》が始まろうとしていく中、私はさっさと教室を離《はな》れた。背《せ》に女子たちの冷ややかな視線《しせん》を感じるのは、気のせいではないのだろう。冷ややかなヒソヒソ声も、空耳ではないのだろう。……昨日、たまたま耳にしてしまった女子トイレでの陰口《かげぐち》が、にわかに思い出される。——毎回ビックリしちゃう、あのふてぶてしさには——皆《みんな》、文化祭に向けて頑張《がんば》って作業してんのにさぁ——あいつにだって一応《いちおう》、係の仕事、あげてんだよ?——ホントとっつきにくいよ。全然、笑わないの——何さま?——

思い出すとやっぱり、それなりにヒリヒリするけど……気にしない。気にしない。

それに、今日もバイトがある。私にとっては文化祭よりバイトのほうが大事。

私は、これまでずっとそうだったように、さっさと教室を後にした。普通《ふつう》に何事もなく学校から出られると思って、疑わなかった。だから、生徒玄関《げんかん》で女子三人に呼び止《よと》められたときは、何が起こったか把握《はあく》できなくて、きょとんとしてしまった。

「……何? なんか用?」

三人はお互《たが》い意味ありげなアイコンタクトを交わし——

私の正面に立っている娘《こ》が口を開いた。「今日も出勤《しゅっきん》?」

「しゅっき、ん?……」

あれ?

バイトしてることがバレた?

私の狼狽《ろうばい》を見て取って、正面の女子が、勝《か》ち誇《ほこ》ったように言った。「ねえ、援交《えんこう》って一回でどれぐらい稼《かせ》げるの?」

三人からキャアッと笑い声が上がる。

予想外の単語に、面喰《めんく》らってしまう。「援交?」

「そうよ、やりまくってんでしょ?」

「???」

「えー、違《ちが》うのー?」「でもさー、あんたが夜中に、S駅近くのラブホ街からコソコソ出てくるところ、見たコがいるんだけど」

そこだけは、ギクリとした。否定《ひてい》できないからだ——私がいつも利用してるネカフェ、S駅前のあの店舗《てんぽ》は、ラブホ街に程近《ほどちか》い。この学校の生徒で、しかも私の顔を知ってる人なんて限《かぎ》られてるのに、まさか、そんな一握《ひとにぎ》りの人間に見られてたなんて……というか、その目撃《もくげき》した生徒だって、そんな時間そんな場所で何やってたのよ。

確《たし》かに私は「夜中」に「S駅近く」をウロついてたことがある。それは認《みと》める……でも、そこから援交に結びつけるなんて、そんなバカな。

「毎日毎日、脇目《わきめ》も振《ふ》らずに真っ先に帰るから、何してるかと思えば」「放課後はいつも商売に励《はげ》んでたってワケ？　そりゃ、文化祭の準備《じゅんび》なんかやってらんないよね」「すごいよね。大人しそうな顔して」「高二の二学期に転校してくるなんて、なんかおかしいなーと思ってたんだ。納得《なっとく》ってゆーか」

何が「納得」だ。

あまりの言い草に、驚《おどろ》きを通り越して呆《あき》れてしまった。

「なんで黙《だま》ってるの？」「言えない？」「やっぱ援交《えんこう》ってホントなの？」

やってらんない。

「なんであんたたちに言わなきゃいけないの」

今度は三人が目を点にする番だった。

「私が何してようと私の勝手でしょ。そっちも、援交でもなんでも、勝手に妄想《もうそう》して、好きなように言ってればいいわ」

私は目の前に立ちふさがっていた一人の脇を抜《ぬ》けて、足早に学校を出た。

バイトが終わってから、いつものネカフェに向かった。水曜は大抵《たいてい》いつもあの男が家にいるから、一度帰宅《きたく》して確認《かくにん》する気にもなれなかった。

制服のままだと、他人の会員証《かいいんしょう》使ってるのがバレてしまうので、バイト先で私服に着替えている。いつも通り事務的にカウンター手続きを済《す》ませ、指定のブースに、フリードリンクを持って入る。

ネカフェに入《い》り浸《びた》るのは別に疚《やま》しいことでもなんでもないんだけど、客同士は、目を合わせようともしない。互《たが》いに互いを見て見ぬフリしようとする。自分のやりたいことだけをやって時間を潰《つぶ》して、他人には気を遣《つか》わない……そういう超《ちょう》個人主義的な空間が、私には都合《つごう》よかったし、必要だった。タバコ臭《くさ》いリクライニングシートも、ベタつくパーティションも、手垢《てあか》にまみれたマウスも、好きにはなれない。……でも、他人には完全に無関心、というその一点において、ネカフェは居《い》やすかったのだ。

3

そう。ネカフェは居やすい。誰《だれ》に気兼《きが》ねするでもないし、気兼ねされるでもないし……ただし、やはり、安眠《あんみん》はできない。ネカフェで夜明かししようなんていうのは、もちろん男性のほうが断然《だんぜん》多いわけで、見知らぬ男性が板一枚だけを隔《へだ》てた向こうでウロウロしているというのは、何かをしてくるわけではないと分かっているものの、警戒心《けいかいしん》を完全になくしてリラックスするなんてことは、私にはできなかった。うつらうつらしていても、ちょっとした物音や振動《しんどう》で、すぐ目を覚ましてしまう。そんなことを朝まで繰《く》り返《かえ》している。だから私は今日も寝不足《ねぶそく》でぼんやりしている。

木曜午後と金曜全日は、授業が潰《つぶ》れ、文化祭の準備《じゅんび》にあてられることになっていた。

本日、木曜。

午前の授業をこなした後、私はまたあの夾竹桃《きょうちくとう》のところに行った。

犬走《いぬばし》りの隅《すみ》に座《すわ》って、クロッキー帳と鉛筆を取り出す。

でも、何も描《か》けなかった。

集中しようとするが、その努力ばかりが上滑《うわすべ》りする。

何を形作るでもない謎《なぞ》の線ばかりが、紙の上に、へろへろと増えていく。

解決策《かいけつさく》の見えない頭の痛《いた》い問題が次から次へと押《お》し寄《よ》せてきて、どうしたらいいか分からない。家に居《い》つくあの男のこと。お母さんのこと。いつの間にか広まっていた援交《えんこう》の噂《うわさ》。そして何より、この眠気《ねむけ》……何一つ解消《かいしょう》することができないのに、悩《なや》みばかりが雪だるま式に増えていく。タチの悪い金融《きんゆう》業者から法定外金利でお金を借りてるときって、もしかしたらこんな気分なのかも。

……ああ、ホントに眠《ねむ》い。頭がぼんやりする。

でも眠れない。なんでだろ？　眠れない呪《のろ》いにでもかかったかな。

私はいつになったらゆっくり眠れるんだろう。

しんどい……

「マ〜ス〜ダ〜」

その声に、はっと我に返る。

振《ふ》り返《かえ》ると、校舎の陰《かげ》から由良《ゆら》くんがノロノロとこちらに近づいてくるところだった。手にはやっぱり、水だかシャボン玉液《えき》だかがいっぱい入ったバケツを提《さ》げている。

「あんたさ〜」

超不機嫌《ちょうふきげん》そうな声。

私のすぐそばに立ち、ジト目で見下ろしてくる。

「昨日、俺の頭に、花挿《さ》しただろ〜」

「花……」私は、昨日自分が彼に施《ほどこ》したいたずらのことを、やっと思い出した。「……あー」

「家に帰るまで気づかなかったんですけど〜」

「えっ」

「俺、家帰る途《と》中《ちゅう》、コンビニ寄って『温泉《おんせん》カピバラ』の食玩《しょくがん》買っちゃったんですけど〜。棚《たな》の前で超真剣《ちょうしんけん》に箱の重さ比べて内容物サーチしちゃったんですけど〜。そのあと、オカンに買い物頼《たの》まれてたから、主婦でごった返すスーパーにも行っちゃったんですけど〜」

頭にピンクの花を咲かせた男子高校生が『温泉カピバラ』……

私が笑いを必死で噛《か》み殺《ころ》してるのを見て、由良《ゆら》くんはますますむくれた。

「やっぱりわざとやったんだな」

ふふん。

予想《よそう》以上の成果を上げてたことに、私は少しばかり気をよくした。

「可愛《かわい》いかなぁと思って？　お似合《にあ》いだったわよ」

「似合ってたまるか。よりにもよって毒《どく》のある花なんか挿しやがって」

「……え？」

「やっぱり知らなかったな」と、顔をしかめる。「夾竹桃《きょうちくとう》は有毒なんだぞ。その毒に中《あた》った俺が、昨日一晩《ひとばん》、どんなに苦しんでのたうちまわったか分かるか」

毒？……

「嘘《うそ》でしょ……そんな、まさか……」

すると由良くんはニヤーと笑い「うーそー」

「…………」

「イヒヒヒ。すげぇビックリしてやんの」

「ちょっと、もう……何よ、やめてよ……」

「でも夾竹桃に毒があるのはホントだぜ」

「えっ!?」

「心臓《しんぞう》にガツンとくる成分で、だから、強心剤《きょうしんざい》としても使われていたらしい。毒と薬は紙一重《かみひとえ》ですね。枝を折ったときとかに出る白っぽい樹液《じゅえき》に含《ふく》まれてて、触《さわ》ったくらいじゃなんともないけど、口に入れるのはマズイみたいっす。古くから、夾竹桃の枝を箸《はし》にしたり、串《くし》代わりに肉に刺《さ》したりして食事して、そんで死に至《いた》るってケースは多かったんだと」

「まさか……だって、そんな、毒のある花なんて、学校に植《う》えないよ！　また驚《おどろ》かそうとしてるんでしょ！……」

「えー、でも、身近な植物の中にも毒があるのって、結構《けっこう》多いよ。ヒガンバナやジギタリスは有名だけど、スズランとかスイートピーだって、実は猛毒《もうどく》あるし」

「……嘘だぁ」

「植物だって生きてるんだから、自衛《じえい》の策《さく》ぐらいは持ってますよ。ぼんやり突《つ》っ立《た》ってるわけじゃないんです……だからね、そんな、必要以上に怖《こわ》がらないであげてください。食わなきゃ大丈夫《だいじょうぶ》なんだから。だってあんた、そのへんに生えてる花、むしって食ったりしないでしょ」

「……食べないけど」

スズランもスイートピーも、私、描《か》いたことある。

絵が完成するまでの間ずっと、穴が開くほど見つめていたのに、毒があるかもなんて、思《おも》い至《いた》りもしなかった……いや、言われなければ分からないことではあるんだけど、なんて言うか、意外……

そっか、自衛《じえい》の策《さく》、か……

なるほど。可愛《かわい》い顔してるけど、やはり野生の生命体。結構逞《けっこうたくま》しいんだな。

なんてことを考えていると、

「隙《すき》あり」

そう言って由良《ゆら》くんは、私の膝《ひざ》からクロッキー帳を攫《さら》った。一瞬《いっしゅん》のことだった。

「あっ⁉」

私は慌《あわ》てて立ち上がり、大事なクロッキー帳を奪取《だっしゅ》すべく、摑《つか》みかかった。しかし由良くんは背《せ》を向け腕《うで》を伸《の》ばし、クロッキー帳を私の手から遠ざけてしまう。

「返して！」

「まぁまぁ」

私と由良くんとでは、意外と体格差がある。そしてたぶん体力差もかなりある。なので、私がいくら引こうが押《お》そうが叩《たた》こうが、クロッキー帳に指が届《とど》かない……そんな私の涙《なみだ》ぐましい奮闘《ふんとう》などどこ吹く風で、由良くんは平然とクロッキー帳を開き、中身をパラ見しやがる。

「やめてったら！」

しかし由良くんはもうがっつりクロッキー帳に見入っていて、耳を貸さない。

「……もうっ！」私も諦《あきら》めて引き下がった。

すると、由良くんが弾《はず》んだ声で言った。「すごく上手《うま》いな！」

「……え……」

「なぁ、色つけた絵ないの？」

と、期待に満ちた目で私に向き直る……お世辞《せじ》を言ってるのではなさそうだ。軽々しくお世辞を言うような性格とも思えない。

なんとなく気圧《けお》されてしまう。かつ照れてしまう。

私はもぞもぞ俯《うつむ》いた。「……ない」

「色はつけない主義？」

「そういうわけではないけど……塗《ぬ》るとなると道具揃《そろ》えないといけないし、場所も……」

「じゃ美術部入れば？」

「…………」

「つか、なんで入らないの？　一旦《いったん》は入ろうと思ったんだろ」

「……美術部にいなくても絵は描《か》ける」

「まあそうだけど。でも美術部入ったらいろいろ道具使えるよ。スケッチやデッサンだけじゃなくて、いろんなことできるよ。作業スペースも時間もおおっぴらに確保《かくほ》できるし。先生とか先輩から指導《しどう》してもらえるし」

「…………」

そうだよね……

……いやいやいやいや。

そもそも、この男のせいじゃない。そもそも、私は、この変人にかかわりたくなくて、美術部入るの、保留《ほりゅう》にしたんじゃない。

でも、ちゃんと喋《しゃべ》ってみると、そう悪い人ではないみたい……

別に絵を褒《ほ》められたからそう思うようになったわけではなく。

若干《じゃっかん》フリーダムすぎるところはあるけど、でもそれは欠点ではないし。

……あれ？　すると、美術部に入らない理由がなくなるな。

でもでも、ここで「じゃあ入る」って言うのも……調子いいよね。おだてられて考えを変えたみたいだ。

どう返事していいか分からなくて、だから私はそっぽを向いた。「気が向いたら、入るよ」

由良《ゆら》くんの顔がパッと明るくなる。「入ったら、頭の型取らせてね」

「なんでそういう話になるのよ!?」

そのとき、複数の人間が近づいてくる足音がした。

校舎の陰《かげ》から現れたのは、女子五人組。皆《みんな》、近づくだけでいい香《かお》りがしそうな、キレイ系の人たちだ。女の私から見ても、どの娘《こ》もすごく可愛《かわい》い。彼女らは由良くんを発見すると、キャッキャと仔犬《こいぬ》のようにじゃれ合いながら寄ってきた。

由良くんもそちらに目を向け——表情を曇らせた。クロッキー帳を私に押《お》し返《かえ》し、私から離《はな》れる。私はなんとなくその場に座《すわ》って、知らん顔をしてみた。

「由良！」一際背《ひときわせ》の高いモデル体型の女子が、チラチラと親しげに手を振《ふ》った。学校指定のものではない赤系統《けいとう》のレジメンタルタイを結んでいるが、それがとてもよく似合《にあ》っている。

「どうも、高津《たかつ》さん」

高津さんと呼《よ》ばれた女子は、花咲くように笑った。「やっと名前覚えてくれたね」

「こう毎日来られちゃね」

「それだけ由良に夢中ってことなんだけどなぁ」

「カレシに怒《おこ》られますよ」

「だからぁ、この前のあいつはそんなんじゃないってば」

「どのみち俺は出ませんけど」

「またー。つれないなぁ。どうすれば出てくれるの？」

「どうすれば諦《あきら》めてくれます？」

「ひどー」

「何を言われても出ません。絶対《ぜったい》やだ、って、何回言えばいいんすか」

「えー」

根気よく勧誘《かんゆう》し続ける女子たちと、頑《がん》として拒否《きょひ》する由良くん……そういえば、昨日もこのあたりで同じようなやり取りしてたな、この人たち。何に「出ろ」「出ない」と言い合ってるのか知らないけど、女子たちも由良《ゆら》くんも諦《あきら》めが悪いわね。

他人のふりをし続ける私の数メートル背後《はいご》で不毛な押《お》し問答《もんどう》は続き、そしてついには、

「しつこい！」

と由良くんが一声上げ、怒《おこ》ったような足取りでその場から立ち去った。

女子たちから「あーん」と溜《た》め息《いき》が漏《も》れる。

由良くんに置いてけぼりを喰《く》らってしまった彼女らは、由良くんの姿《すがた》が見えなくなった後、口々に言いたいことを言い始めた。

「分ッかんないなー。なんであんなに嫌《いや》がるのかしら」「照れてるわけじゃないよね」「うちらがここまで言ってるのにさー」「納得《なっとく》いかない。絶対領《うなず》かせたい」「逃《に》げられたら追いかけたくなるってヤツ?」「やあだ！」「ハハハ」「それにしてもあの人、いっつも一人で何やってるんでしょうね」「噂《うわさ》通り、変わってる」「そこがいいのよ」「そーですかあ?」「ヒマならこっち出ろっつーの」「あ、もしかしたら、逆《ぎゃく》に、うちらに構《かま》ってもらうのが嬉《うれ》しい、みたいのあったりして」「アハハハ！」「ある！　あるかもそれ！」

……何よ、この娘《こ》たち。本人がいなくなったら掌《てのひら》返したみたいに。

この学校、こんなヤツばっかりなの?

ムッとしてしまった私は、ついつい、彼女らに眼《め》を向けてしまった。

まず、高津《たかつ》さんと呼《よ》ばれていたおそらく三年生の女子と、眼が合った。彼女は、向こうッ気

が強いのか、負けじと睨《にら》み返《かえ》してきた。

「何見てんのよ」

と言うその声。由良くんと接《せっ》しているときとトーンが全然違《ちが》った。

他の女子も気づいて、私に眼を向ける。一対五。

「……別に」

「っていうか、ここで一人で何してるの？　今、全校準備《じゅんび》作業中よ」

「人のこと言えないでしょ」

「……は？」言い返されたことが意外だったのか不愉快《ふゆかい》だったのか、高津さんの声色《こわいろ》が急にキツくなった。「何言ってんの？　私らちゃんと作業中なんですけど。今のだってね、出演交渉《しゅつえんこうしょう》してたんだから。『美男美女コンテスト』の」

びなんびじょこんてすと……

……そういうの、マンガやドラマの中だけのイベントだと思ってた……

どうして、人が多く集まるところには、何かを競《きそ》いたがる人もいるのかしら。

ん？　ちょっと待って。

……び、美男って……由良くんが？　あの人のことを「美男」だって言ってるの？「出演交渉」って……由良くんをそのコンテストに出すつもりだったの？　えー、うーん……そう言われてみれば確《たし》かに、整った顔立ちしてる、のかな？　どっちかっていうと女顔だし……でもワタシ的には、「髪《かみ》くれ～」と言って寄ってきた初対面と、その後目《ま》の当《あ》たりにした奇行《きこう》のインパクトが強烈《きょうれつ》すぎて、顔立ちがどうとかまで気が回らない。

すると、高津《たかつ》さんが愛想《あいそ》よく言った。「ねぇ、あんたからもさ、由良《ゆら》に言ってくれない？　コンテストに出てほしいって」

「……でも、」

「あのコいたほうが絶対盛《ぜったいも》り上《あ》がるんだよね」

「でもあの人、出ないと思う。そういうの」

「なんであんたにそんなこと言われなきゃなんないのよ」

「…………」

めんどくさ……

なんかもう、この人と会話するのが億劫《おっくう》になってきた。というか、最初からかかわらなければよかったんだ……でも、あのときは言い返さずにはいられなかった。黙《だま》って引き下がることができなかった。

その一瞬《いっしゅん》の激情《げきじょう》を、今になって後悔《こうかい》してるわけだけど。

私は黙って立ち上がり、その場を後にした。

私が去った後で彼女らが何を囁《ささや》き合《あ》うかなんて、想像に難《かた》くない。でも見ず知らずの人間にどんなことを言われたって、もうどうでもいい。私、クラスではもっとひどいように言われてるみたいだし。だからこの人たちも、好きなように陰口《かげぐち》叩《たた》いてればいい。
そう思ってた。
……実を言うと、私は、人の顔を覚えるのが苦手で、
だから、あの女子五人の中に、クラスメイトが混《ま》ざっていたことも、気づいてなかった。

ようやく放課後。頃合《ころあい》を見計らって下校する。

学校近くの駅から電車に乗り、制服のままN駅に向かった——私のバイト先の最寄駅だ。

改札を出てすぐのところにあるテナントビルの一階に、ファストフード店が入っている。バイトまでまだ少し時間があったから、ここで、夕飯代わりに何か食べていくことにした。

注文したハンバーガーセットを受け取って、禁煙席《きんえんせき》へ。窓《まど》に近い席に座《すわ》る。さほど広くはない店の中、お客さんはすでに結構《けっこう》いて、席はおおむね埋《う》まっていた。

ハンバーガーとフライドポテトを淡々《たんたん》と口に運んだ後、温かいカフェオレをちびちび飲みつつ、私は窓の外をぼんやり眺《なが》めていた。

……バイト、めんどくさいな。

このまま帰ってしまいたい。

そういうわけにはいかないけど。

「…………」

頬杖《ほおづえ》をついて目を閉じてみる。

もしかしたら眠《ねむ》れるんじゃないか、という期待をこめて。

それに、目を開けていろんなものを見ているよりは、ラクかもしれないし。

しばらくそうしてジッとしていると、

なんの前触《まえぶ》れもなく、不快《ふかい》なにおいが鼻を突《つ》いた。

アルコール臭《しゅう》だ。

「!?」

何事かと身をすくませながら目を開ける——アイツが、私の家に居座《いすわ》るあの男が、私の向かいの椅子《いす》に、今まさに座《すわ》ろうとしていた。

「あっ……」

ヤツは私と眼《め》が合うとニタッと笑った。「あれぇ、寝《ね》てんのかと思ったのに」

「なっ……なんで!?……」

「いやー、外歩いてたらさ、たまたまだったんだけどー、中にお前がいるの見つけてぇ。丁度《ちょうど》いいやラッキー、と思ってさー」と怪《あや》しい呂律《ろれつ》で言いながら椅子にドスンと腰《こし》掛《か》け、私が半分ほど残しておいたポテトを、なんの断《ことわ》りもなく食べだす。

まだ早い時間なのにすでにこんな赤ら顔で、酒のにおいをプンプンさせているなんて、まともではない。他のお客さんも、冷ややかな視線《しせん》をチラチラと向けていた。

怒《いか》りとか恥《は》ずかしさとか恐怖《きょうふ》とか、そういう感情がごっちゃになって押《お》し寄《よ》せてきて、頭の中がカーッと熱くなる。そのくせ背筋《せすじ》は冷たく凍《こお》って、全身が震《ふる》えそうになる。目の前のダメ人間を思いっきり罵倒《ばとう》してやりたい衝動《しょうどう》を抑《おさ》えつつ、私は立ち上がった。カバンを手に取り、迅速《じんそく》にこの場から立ち去る準備《じゅんび》をする。

するとヤツが言った。「お前さぁ、ねぇ、今いくら持ってる?」

「…………」無視《むし》しようと思った。

しかし、

「お前が貸してくんないならさー、お母さんのとこ行っちゃおーかなぁ」

「!……」

「ホントにすっげー困《こま》ってるんだって、俺。藁《わら》にもすがる想いっちゅーの? だから別れたオカアチャンとこにだってフツーに行けちゃうわけぇよー」

「…………」顎《あご》が痛《いた》くなるくらい強く歯嚙《はが》みしながら、私は椅子に座り直した。

今、お母さんにコイツを会わせるわけにはいかない。

絶対《ぜったい》に会わせない。

私はすっかりぬるくなったカフェオレのマグカップを摑《つか》み、グビリと飲んだ。この瞬間《しゅんかん》の私は、何か飲まなければ呼吸《こきゅう》できなくなるんじゃないかと思うくらいに、喉《のど》が渇《かわ》いていた。

私はマグカップをテーブルに叩《たた》きつけるようにして戻《もど》した。「……五千円しかない」

「えー、福沢諭吉《ふくざわゆきち》がいいよー、福沢諭キティー」

「そんなに持ってない」

「下ろしてこいや、そのへんのATMで」

「今キャッシュカード持ってない」

嘘《うそ》だ。ホントは持ってる。そんな大事なものを家に置いておくわけがない。でも、この酔《よ》っ払《ぱら》いの言うことに、これ以上バカ正直に従《したが》うこともない。

ヤツは聞こえよがしに舌打《したう》ちした。「じゃーいーよ五千円で」

「………」カバンから財布《さいふ》を取り出し、五千円札を抜《ぬ》いて、テーブルの上に置いた。

「おうおう、ありがとありがと」と恥《は》ずかしげもなく受け取り、いそいそと上着のポケットに突《つ》っこむ。「いやー、ホント、俺の子供はいい子ばっかり」

「…………」

「だからさー、俺いつも言ってんじゃん、男はさー、作れるときに子供いっぱい作っといたほうがいいんだって。それが本能《ほんのう》じゃん。生存《せいぞん》本能ってヤツ。子供作るのも、後々をラクに生きるためじゃん、ねー。現にこうして子供が養《やしな》ってくれてるわけだし」

……こいッつ……！

よくもそんなことを……！

いくら酔っ払ってるからって、言っていいことと悪いことが——

「だからさー、日本も一夫多妻制《いっぷたさいせい》になればいいのにねー。少子化問題も年金問題もそれで解決《かいけつ》でしょー。政治家は分かってないよなぁ。……ところでさー」と、小首をかしげる。「お前、どうしてうちに帰ってこないの？」

それを聞いた瞬間《しゅんかん》、私の中で何かが切れた。

私はテーブルを両手で思いっきり叩いた。その勢《いきお》いで、立ち上がっていた。

「誰《だれ》のせいだと思ってるのよ!!」

あまりにも大きい声だったから、カウンター内の店員も店にいたお客さんも、皆《みんな》、驚《おどろ》いてこちらに顔を向けた。すぐそばのテーブルにかけていた人も、同様——そこに座《すわ》っていたのは、私と同じ年頃《としごろ》の男の子だった。テーブルの上に参考書とノートを開いて、熱心に勉強しているようだったけど、私の突然《とつぜん》の大声に驚いて、今初めて視線《しせん》を上げた。

その顔。

「……あっ!?」

我が目を疑った。信じられないことだけど、ホントに信じられないことだけど——その男の子は、紛《まぎ》れもなく、由良《ゆら》くんだった。美術部の、変人の、由良彼方《かなた》くん。

私服で、黒い帽子をかぶっているけど、この顔は見間違《みまちが》えようがない。

眼《め》が合うなり声をあげた私を、由良くんは驚いた様子《ようす》できょとんと見つめた。

こんな近い席にいるということは——私とこの男の会話を、一部始終聞かれていたということになりはしないか。この至近距離《しきんきょり》だ。聞こえていないはずがない。お金をせびられて渡《わた》すところだって、見られてたかも……そう思った瞬間《しゅんかん》、全身、火がついたみたいに熱くなった。頭の中は真っ白だったけど、ここにいられないということだけ、はっきりと感じた。私はカバンを摑《つか》むと、駆《か》け出《だ》した。

「おい！」

ヤツの声が追いかけてくるが、私はもう止まれなかった。空席を探《さが》しているお客さんにぶつかりそうになりながら、店を飛び出す。とにかくがむしゃらに走って、駅前通りを抜《ぬ》けたところで立ち止まり、ようやく私は思考力を取《と》り戻《もど》した。そして戦慄《せんりつ》した。

見られた。

聞かれた。

よりにもよって、彼に。

泣《な》きっ面《つら》に蜂《はち》。弱《よわ》り目《め》に祟《たた》り目《め》。傷口《きずぐち》に塩《しお》。

バイト帰り、いつも利用してるS駅前のネカフェに直行したんだけど——閉まってた。通常《つうじょう》二十四時間営業だから、定休日とかないはずなんだけど……本日、ビルの電気設備《せつび》点検《てんけん》のため臨時休業《りんじ》、だそうで。

私が拾ったこの会員証《かいいんしょう》が使えるネカフェは、私が足を伸《の》ばせる範囲《はんい》では、ここだけ。他のネカフェに行くにしても、高校生の身分証で作った会員証では、規定《きてい》の時間を過ぎたら追い出されてしまうし、無意味だ。

家にはきっとアイツがいるし……。

どうしよう。

行くとこないや。

道路の真ん中に突《つ》っ立《た》ったまま、動けない。しゃがみこんでしまいたかった。しゃがみこんで、アスファルトに埋《う》まって、地中深く沈《しず》んで、そのまま消えてしまいたかった。

不幸っていうのはきっと不幸同士で仲が良くて、皆《みんな》でお手々つないで同じ目的地にどやどや踏《ふ》みこんでくるんだ。他人の迷惑《めいわく》なんて顧《かえり》みずに。女子高生の連れションみたいに。一人では何もできないから、そうやって群《む》れて、気を大きくしてるんだ。そうに違《ちが》いない。

私はきびすを返し、どん底《ぞこ》に情《なさ》けない気持ちを抱《かか》えて、とぼとぼ歩いた。

そしてふと思いついた。

……学校。

そうだ。学校で寝《ね》ればいいんだ……。

この案はいかにも最終手段《しゅだん》っぽいけど、でも今の状況《じょうきょう》はすでに袋小路《ふくろこうじ》だし。

そうだよ。アイツと一つ屋根の下で寝《ね》るよりは、ずっとマシ……

誰《だれ》かに見つかって咎《とが》められたとき「忘《わす》れ物《もの》を取りに来ました」とかなんとか言い訳できるよう、制服に着替えておく。

ひと気のない夜の学校は、やはり気味が悪かった——誰もいない廊下《ろうか》も教室も。夜の色に染《そ》まったリノリウムの床《ゆか》も。消火栓《しょうかせん》の赤いランプも。非《ひ》常口《じょうぐち》を示す緑のプレートも。すべてが、昼の有様《ありさま》とは打って変わって冷たく、よそよそしく、無機質だ。

反響《はんきょう》する自分の足音が怖《こわ》い。ちょっとした隙間《すきま》が怖い。どこからか吹き出してくるかすかな風が怖い。そこの階段《かいだん》の陰《かげ》から今にも何かが飛び出してきそうな気がする……一つかぶりを振《ふ》り、なるべく何も考えないようにしながら私は四階まで駆《か》け上《あ》がって、廊下を駆《か》け抜《ぬ》け、美術準備室《じゅんびしつ》に辿《たど》り着《つ》いた。

美術準備室に置いてある、合皮《ごうひ》張《ば》りの茶色いソファ。

一目見たときから、寝心地《ねごこち》よさそう、と思っていた。

どさりと倒《たお》れこむように横になる。古いソファの骨組《ほねぐ》みがギシッと軋《きし》んだ。俯《うつむ》けの顔に、髪《かみ》がかかってくる——自分の頭がやけに汗臭《あせくさ》いような気がした。そういえば、前にシャワー浴びたの、いつだっけ？ ……やだなぁ。今はまだ日中かなり暑くて、汗もたくさんかくのに。シャワーも浴びず、顔も洗わずに、そのまま寝ようとするなんて。ありえない。我が事ながら信じらんない。

シャワー浴びたい……学校の中には、確《たし》か、シャワーあるよね……いやいや、でも、使えないよ。使ったりしたらソッコーで警備《けいび》にばれて、摘《つま》み出《だ》されちゃう。

あーあ……

私はどうして、こんな、寝場所を転々《てんてん》と変えるような生活してるんだろう。

こんな惨《みじ》めな生活してる女子高生って私くらいのもんじゃない？

いや……この生活から抜け出したいなら、家に帰ればいいんだけど……

……ダメ。絶対《ぜったい》帰りたくない。あの男が家に居《い》ついてる家になんて。

あの男さえいなければ。

あの男さえ……

どうしたらあの男は私の前から今すぐ姿《すがた》を消してくれるんだろう。

あの男さえいなければ、私は普通《ふつう》に暮らせるのに。

どうすればいいんだろう。誰も頼《たよ》れないのに。私がなんとかするしかないのに。

……もう、殺すしかないのかな。

でも犯罪者《はんざいしゃ》にはなりたくない。

殺したりしたら「普通に暮らす」どころじゃなくなっちゃうし。

もし私があの男を殺したら、世間は「家出常習《じょうしゅう》女子高生の凶行《きょうこう》」とか「十七歳少女の心に潜《ひそ》む闇《やみ》」とか言って、囃《はや》し立《た》てるのかな……そしたらワイドショーで、中学の卒業文集とか小学生のとき書いた作文とかが、毎日のように晒《さら》されるんだよね……何書いたかなんて覚えてないけど、絶対《ぜったい》ヤダそれ。殺すのはやめとこう。

あーあ……

なんで、こう、悩《なや》みばっかりなんだろう。

たとえ今悩んでいる問題が解決したとしても、私が私であり続ける限《かぎ》り、悩みは次から次へと生まれて、死ぬまで独《ひと》りで悩み続けるんだろうな。これからもずっと、「うまく眠《ねむ》れない」とか「お金がない」とか「あの人が嫌《きら》い」とか「あいつ消えてくれればいいのに」とか、横になって目を閉じるたびにそういうことばかりをグズグズ悩んでいくんだろうな。

……やだな、そんなの。

考えるだけで疲《つか》れちゃう。

生きるのってしんどいよ。

ひどく疲れているから目を閉じていたけど、深くは眠れなかった。うっすらと夢のようなものを見ていた気がする。途《と》切《ぎ》れ途《と》切《ぎ》れで、現実の残りカスみたいで、起きたらすっかり全部忘《わす》れてしまうような、そんな夢を。

どれくらいそうしていただろう――そのうち、閉じた瞼《まぶた》を通しても、外が白《しら》んでくるのを感じるようになった。でも私は横たわったままジッとしていた。全身がだるくて、動くのが億劫《おっくう》だった。寝心地《ねごこち》よさそうと思ったソファは、その実、硬《かた》くて狭《せま》くてツルツル滑《すべ》って、寝《ね》るのにはまったく適《てき》していなかった……当たり前か。ソファだもんね。

さらに時間が経過《けいか》した。陽《ひ》はスムーズに昇《のぼ》り、外はどんどん明るくなっていった。すべてが目覚める時間。新しい一日の訪《おとず》れ……そんな清々《すがすが》しい光を浴びつつも、私の意識《いしき》は泥《どろ》のように澱《よど》み、沈殿《ちんでん》していて、重苦しい。

やがて、隣《となり》の美術室から物音がした。扉《とびら》を開ける音。ズカズカと入ってくる上靴《うわぐつ》の音――こんな朝早くに美術室なんかを訪れるのは、先生じゃなきゃ、彼しかいない。

カーテンの隙間《すきま》から、朝の白い陽光《ようこう》が射《さ》しこんでいる。ほんの一筋《ひとすじ》なのにひどく眩《まぶ》しい。こんな光をまともに浴びたら灰《はい》になるかも、なんてことを考えながら、私はようやく体を起こした。わずかな動作だったけど、たいへんな精神力《せいしんりょく》を要した。ふらふらと酔《よ》っ払《ぱら》いみたいな足取りで歩き、美術室につながる扉を開ける――

案《あん》の定《じょう》、由良《ゆら》くんがいた。エプロン着用で。

開け放たれた窓《まど》の下にしゃがみこみ、水がたっぷり入ったアルミのバケツに、計量スプーンを使って、さらに何か液体《えきたい》を投入している。彼の足もとには、いろいろな長さに切られたストローや輪《わ》っかになった針金が散らばり、様々なボトルや袋《ふくろ》が空になって捨てられていた。

……またシャボン玉やってる。

この人、ホントに、どれだけシャボン玉好きなのよ……

その能天気《のうてんき》さに、なんだかすごく腹が立ってきた。

こっちの気も知らないで……

彼は、扉《とびら》が開いたことに気づいて、顔を上げた。近づいてきたのが私と見て取るとかなり驚《おどろ》いたようだったが——すぐに気を取り直し、ニヤーと笑った。「入部希望？」

「……弱みを握《にぎ》ったつもり？」

「ん？」

「言っとくけど、あんなの、いつものことなんだからね」

「？」

「あんなの、私の弱みでもなんでもないんだから」

「なんの話だ」

しらばっくれちゃって。

でもそっちの思い通りになんてさせない。

先手を打ってやる。

「私の髪《かみ》の毛欲しいって言ってたよね」

そばの机の上に、ハサミがあった。ストローや針金を切るために用意されたのであろう、大ぶりな裁《た》ちバサミだ。私はそれを手に取り、もう一方の手で摘《つま》んだ自分の髪の一束《ひとたば》に、刃を当てた——

ハサミの刃が重なるより先に、手首を由良《ゆら》くんに摑《つか》まれた。

「何やってんの」

「……離《はな》して」

ちょっと抵抗《ていこう》してみるけど、由良くんはそんなに力入れてるようにも見えないのに、ビクともしない。

ハサミはたちまち私の手からもぎ取られてしまった。

「髪の毛欲しいって言ってたじゃない」

「そんなふうにしてもらおうと思わない」

「あげるったら。これが欲しかったんでしょ。で、私のことはもう放っといて」

「おい……」

「昨日のことも、気にしないで」

「だからなんの話だ、それは！」

思わずギクリとしてしまった。

男の人に大きい声出されると怖《こわ》い。

……もういやだ。

なんでこんな想いしなくちゃいけないの。

それでもう私はきびすを返した。

「益田《ますだ》！」と呼《よ》ぶ由良《ゆら》くんの顔もまともに見ないまま、その場から離《はな》れる。逃《に》げるように。

美術室から出る――と、誰《だれ》かにぶつかりそうになった。背《せ》の高い女子。顔を上げずに「すみません」とだけ早口で言って、すれ違《ちが》う。相手の胸元《むなもと》にレジメンタルタイが下がっているのが、ちらりと見えた。

階段《かいだん》を駆《か》け降《お》り、廊下《ろうか》を足早に進む。

行くところなんかないのに。

4

どこへ行っても、生徒がいっぱいいて、忙《いそが》しそうに立ち回っていた。……そうか。そういえば、もう文化祭前日なんだ。金曜は全日が文化祭の準備《じゅんび》にあてられる。忘《わす》れてた。今日、授業ないんだ……あーあ、学校来なきゃよかった。でも、学校以外、いる場所がない……

どうしたらいいのかな。

どこに行けばいいんだろう。

教室に入れない私は、だからといって街を徘徊《はいかい》する気力もなかったから、学校に留《とど》まることにした。ただし私が留まれる場所は限《かぎ》られていた。保健室は、そこに留まるためには保健医に理由を述べなければならない。億劫《おっくう》だ。だから二階・図書室。ここなら居座《いすわ》ったって文句《もんく》は言われない。

でも本を読むでもなく、私はテーブルに突《つ》っ伏《ぷ》すばかりだった。

眠《ねむ》いな。

ホントに眠いよ。

でも眠れない。

眠れない呪《のろ》い。

しばらくそうしてジッとしていたけど——

「……トイレ行こ」

私は図書室を出た。

二階の南端のトイレ。ここは、教室がある棟《とう》からは離れているので、いつもひと気がない。

用を足して、手を洗う。ついでに顔も洗ってみる。

ふと顔を上げ、鏡に映る自分を見る。

なんだこの幸薄《さちうす》そうな顔は。

私ってこんな顔してたっけ。

「……ふふ」

なんかよく分からないけど、笑いがこみ上げてきた。

この笑いは、感情の表現というよりは、あくびやくしゃみなんかに近いもののような気がする。だから自分の意志《いし》では止まらない。

「ふっふ、はは……」

ひとしきり笑ってから、私は蛇口《じゃぐち》を閉めた。

あーあ。バッカみたい。

私、頭おかしくなっちゃったのかな。

……これからどうしようかな。

そんな私の思考を遮《さえぎ》って、数人がまとめてどやどやとトイレ内に入ってきた。また連れションの人たちと遭遇《そうぐう》してしまったのだろうかと思いつつ、鏡ごしに彼女らの姿《すがた》を見て——ギョッとした。全員が全員、ジョークグッズとして売られているような、モンスターのラバーマスクをかぶっていたからだ。

ドラキュラ、ガイコツ、ゾンビ、フランケンシュタイン……

これらが並《なら》んでいるのは、気分のいい絵面《えづら》ではない。

モンスターのマスクをかぶった女子四人は、そう広くない女子トイレの中で、私と出口の間を塞《ふさ》ぐような配置で立った。マスクをかぶっているので表情が分からないが、全員、明らかに私を見据《みす》えている。

警戒《けいかい》をこめて、私はモンスターたちを見た。「何？」

ドラキュラが言った。「あんたさ、自分のクラスが文化祭で何をするか、知ってる？」

「……は？」

知らない。ずっとかかわらないようにしてたんだもん。知るわけない。

この娘《こ》、なんでいきなりこんなことを訊《き》くの？　五組の人？

私が黙《だま》っていると、ドラキュラは、どうしようもない、と言いたげに首を横に振《ふ》った。

「お化《ば》け屋敷《やしき》だよ」

ガイコツとゾンビが頷《うなず》いて加わる。

「お化け屋敷はね、毎年、確実《かくじつ》に人気が出る展示《てんじ》だから、どのクラスもやりたがって希望出して、抽選《ちゆうせん》になるくらいなの」「うちのクラスもね、ダメ元で希望出したんだ。それがクラスの総意だったから」「そして運よく勝ち取った。だから皆一生懸命《みんないっしょうけんめい》なんだよ」

やっぱり五組の娘《こ》か。

それにしても、だから、なんなの？

この人たち、なんでこんなこと喋《しゃべ》ってるの？

何が言いたいの？……

「でね、あんたもさ、途中参加《とちゅうさんか》とはいえクラスの一員じゃない?」「だから、うちらね、あんたにも参加してほしいわけ」「せっかくのお化《ば》け屋敷《やしき》だしさ……あんたにはあんたにしかできない役目ってものがありそうでしょ?」

……何それ。

なんでこんなこと言うの?

「今さら私が何をすることがあるのよ」

言ってしまってから——ふと、火曜の休み時間、女子トイレで耳にしてしまったあの井戸端《いどばた》会議のことを、なぜだか唐突《とうとつ》に思い出した。

——髪《かみ》とかも、姫《ひめ》っぽいし。

——いやしかしあれは、姫っつーか、むしろサダコ。

——お化け屋敷の中にぶら下げとけばいいんじゃない?

——それ怖《こわ》すぎでしょ。

なんで急にこんなこと思い出したんだろう……なんだろう……なんだか、急に不安になってきた。表情が読めないモンスターたちに囲まれている不安というのもあるけど、でもそんなことじゃなく……

なんか、やだ、ここ。

ここにいたくない。ここから離《はな》れないと。

私はモンスターたちの間を無理にでも縫《ぬ》ってトイレから出ようとした。しかし、

「待ちなさいよ」と、ゾンビに肩《かた》を突《つ》き飛《と》ばされた。

私はフラつき、トイレの奥《おく》のほうに逆戻《ぎゃくもど》りした。

ゾンビが手洗い場の前に移動《いどう》した。残りの三人で横に並《なら》んで、私の行く手を塞《ふさ》ぐ。

「……何をするかって？　そんなの、決まってるでしょ、脅《おど》かし役だよ」「そのズルズルと長い髪はインパクト大だし」「そうそう……ちょっと手を加えれば、もっと怖くなれるよ」

気づけば、ガイコツがホースの口を潰《つぶ》し気味《ぎみ》に握《にぎ》って、私に向けていた。タイルの床《ゆか》の上でとぐろを巻《ま》くホースの反対側は、手洗い場の蛇口《じゃぐち》につながっていて――そして、ゾンビが蛇口を一気に開ける。

よける間もなかった。

冷たい衝撃《しょうげき》が、私の体を打った。私が突き飛ばされたような格好《かっこう》でトイレの床に尻餅《しりもち》をついても、水は執拗《しつよう》に浴びせかけられた。その間ずっと、息ができなかった。ようやく水が止められたとき、私は濡《ぬ》れ鼠《ねずみ》になっていた。

「……ごほっ、げほっ！」

クツクツと、女の子たちの暗い笑い声がトイレ内に反響《はんきょう》している。

我に返った私は、ブルリと震《ふる》え——「何すんのよっ!!」

「いいよ、それ。怖《こわ》い。雰囲気《ふんいき》出てる。ますますお化《ば》け屋敷《やしき》っぽい」「それで暗いトコとか立たれたら、マジびびる」「水も滴《したた》るコワイ女ってヤツ」

「何考えてんのよ、バカじゃないの！　こんなことして、」

「あんた、あたしらが誰《だれ》だか分かるの？」

「……えっ」

「声だけじゃ誰が誰か分かんないでしょ？」「顔が分かったところで、名前も分かんないかもしれないけどね」「それで、誰かにチクるとして、なんて言うの？　オバケのマスク着けた女子の一団に水ぶっかけられたんですけど、とでも言うの？」「そんなの、言われたほうだって、対処《たいしょ》のしようがないわよ」「頭おかしいと思われるよねー」

こもったような忍《しの》び笑《わら》いを漏《も》らしながら、目的を遂《と》げたモンスターたちはきびすを返し、出入口のほうに揃《そろ》って歩いていった。

「……なんなのよ」

意味分かんない——いや。彼女らは私が気に入らなくて、だからとにかく何かしてやりたかったのだろう。なんでもいいから屈辱《くつじょく》を与えたかったのだろう。彼女らなりの正義とか仁義《じんぎ》に則《のっと》って。

顔も晒《さら》せないくせに。独《ひと》りでは面と向かってケンカも売れないくせに。

マスクをして、集団になって、トイレという密室《みっしつ》に追《お》い詰《つ》めて、そういう条件が揃っていなければ、私ごときにさえちょっかいを出せないなんて。

だから同じ年頃《としごろ》の女子って苦手。

だから最初からかかわらないようにしてるってのに、かかわらなければかかわらないで、こうして反感を買ってしまう……

バカバカしい。

モンスターたちがトイレを出て行こうとする中、唯一《ゆいいつ》、フランケンシュタインだけはその場に踏《ふ》みとどまり、動こうとしなかった。座《すわ》りこんだままの私をジッと見下ろしている。

「？……」

彼女を眺《なが》めていて、そして、気づいてしまった。フランケンの胸元《むなもと》に下がっているのは、学校指定のものではない赤系統《けいとう》のレジメンタルタイ――

「……あ」

私が何か言う前に、フランケンはおもむろにポケットから何か筒状《つつじょう》のものを取り出し、それを私に向けた。プシュッという鋭《するど》い音と共に、何かが私に吹っかけられる。

一瞬《いっしゅん》、血かと思った。

もちろん、違《ちが》う――これは、塗料《とりょう》だ。真っ赤な塗料。フランケンが手にしていたのは、スプレーの缶《かん》だった。

強いシンナー臭《しゅう》が鼻を刺《さ》す。息が詰《つ》まる。

「……っく」

上半身の前面ほぼまんべんなく赤く染《そ》まった私は、掌《てのひら》も塗料《とりょう》にまみれているわけだから、顔を拭《ぬぐ》うこともできなくて、ただ呆然《ぼうぜん》とするしかない。

私が驚《おどろ》いてるのとほぼ同じレベルで、出入口手前で足を止めた他のモンスターたちも驚いてるようだった。フランケンのこの行動は、彼女らにしても想定外のことだったらしい。

ドラキュラが、怖《お》ず怖《お》ずと言った。「な、なんで?……そこまでしなくても……」

「は!?」

フランケンの剣幕《けんまく》はただならぬものがあり、振《ふ》り返《かえ》ったその一挙動《いちきょどう》で、ドラキュラをはじめとする他のモンスターたちはすっかり萎縮《いしゅく》してしまった。

「今さら何言ってんのよ。あんたらが言ったんじゃない。あいつお化《ば》け屋敷《やしき》に使ってやろうって。そう言ったのあんたらじゃない。あたしはそれを手伝ってやってるんでしょ。だって、見なよ、ほら、これ、血ィかぶってるみたいでしょ。キモイでしょ」

「でも、スプレーなんて……そんなことするなんて聞いてない……」

「水かけるだけなんて意味不明。何がしたいのか分かんない。あんたらは、この女を黙《だま》らせたかったんでしょ? それがケジメだと思ったんでしょ? だったら水だけなんて生ぬるい。これくらいのことはやらないと」

「でも……」

「そうだよ、これはケジメなんだ」フランケンはぐるりと私に向き直った。「あんたのクラスメイトから話は聞いてるわよ、この援交女《えんこう》。毎日サカってるんだって？　あんたみたいのがいるから女子高生と見れば声かけてくるようなエロオヤジが絶《た》えないんだよ」

この言い草にはさすがに言い返さずにいられなかった。「援交なんかしてないよっ！」

「よく言うよ、男なら誰《だれ》でも誑《たぶら》かすくせに。今朝だってそうよ、美術室で由良《ゆら》に言ってたじゃない。あたし、聞いたのよ、あんたらの会話……ああやって男の気ィ引いて、あっちこっちでやりたい放題やってるんでしょ！」

朝方、美術室の前でぶつかりそうになった、赤いタイの女生徒。

やはり、目の前のフランケンシュタインと同一人物だ。

「それは、違《ちが》う！……」

「あんたみたいな女の言うことなんて当てにならないんだから！」

「お面つけて喚《わめ》く女の言うことだって当てにならない」

冷静な低い声。

トイレ内が、急にシンと静まり返った。

モンスターたちは一様《いちよう》に息を詰《つ》め、体を強張《こわば》らせた。そして皆《みんな》、ある方向に顔を向けた。彼女らの視線《しせん》の行く先――トイレの出入口付近。

そこに立っているのは、エプロンを着けた由良《ゆら》くん。

……ん?

由良くんは……男子、だよね。

なぜここに?

誰《だれ》かがようやく口を開いた。「あの……ここ、女子便所《ジョベン》……」

「で?」

誰ももう何も言おうとはしなかった。由良くんは躊躇《ためら》うことなく女子トイレ内部に踏《ふ》み入《い》り、呆然《ぼうぜん》とする女子たちの間を通り過ぎ、スプレー缶《かん》を持ったままのフランケンのそばもあっさり通り過ぎて、私の前に立った。

「捜《さが》した」と、エプロンを外し、私に差し出す。

私はぼんやりとそれを受け取る。

「それで拭《ふ》いていいよ。どうせ汚《よご》れてるヤツだから」

……どうして、
なんでこの人、こんなに平静なの。この状況《じょうきょう》で。

すると由良くんは、自分の手が汚れることも構《かま》わない様子《ようす》で私の腕《うで》を掴《つか》み、私を引《ひ》っ張《ぱ》り上《あ》げて立たせた。そしてスタスタ歩き出す。私は、引きずられるがままだった。転《ころ》びそうになりながら、どうにか歩く——が、唐突《とうとつ》に由良くんが足を止めた。私も、その背《せ》にぶつかりそうになりながらも、足を止めた。

立ちふさがっているのは、フランケンシュタイン。

由良くんは、フランケンの中身が誰なのか、気づいてるようだった。

「こんなことばっかりやってたらダメですよ」

そう言って、フランケンをよけ、歩き出そうとする。

フランケンは、低く暗く、呪詛《じゅそ》のような声で言った。「――あんたが庇《かば》ってる、その娘《こ》はね、援交《えんこう》してるんだからね」

由良くんは再《ふたた》び足を止める。

フランケンは、我が意を得たりとばかりに、続けて言い放つ。

「ラブホからオッサンつれて出てきたところを、見た人がいるんだから」

……なんかもう、よく分かんないけど、すでに「援交してたんじゃないの？」が「援交してた」になってる。「ラブホ街から出てくるところを目撃《もくげき》された」が「ラブホからオッサンつれて出てきたところを目撃された」になってる……そうか。噂《うわさ》の尾《お》ヒレとか背《せ》ビレは、こうやってくっつくものなのか。聞《き》き間違《まちが》いとか勘違《かんちが》いじゃなくて、人の悪意によってくっつくものなのか。なんかもう、ホントに、ホントに……バカバカしくなっちゃう。

由良くんは眉《まゆ》をひそめている。「援交？　この人が？」

「そうよ」

「……ふはっ」

「何がおかしいのよ」

「それはない」

「は？」

「デマですよ、それ」

「なんでそんなこと言えるのよ」

「だってこの人、昨日まで処女《しょじょ》だったし」

トイレ内の空気が凍《こお》りついた。

でも、その中で最もポカンとしていたのは、たぶん、他でもない私。

「これは間違《まちが》いないよ。なぜなら」と、由良《ゆら》くんは自信満々に自分の顔を指差し「アイアム、ハー、初めての男」それから私の顔を見て「ねっ」

ゴン、と目に見えない鈍器《どんき》で眉間《みけん》を殴《なぐ》られたような気がした。

なにいってんのこのひと。

「そういうことなんで、じゃ、我々、これにて」と由良くんは私の手を引いて三度《みたび》歩き出し、
唖然《あぜん》とする私は、唖然とする女子の間を通り、女子トイレを出て、
由良くんに引きずられるがまま廊下《ろうか》を歩き、階段《かいだん》を昇《のぼ》り、
本日二度目の美術室に入った。

「俺、ジョベンでリンチって、初めて見た。ホントにあるんだな、ああいうの」

由良くんは私をステンレスの流し台の前に立たせ、蛇口《じゃぐち》を捻《ひね》って水を出した。

「乾《かわ》くと面倒《めんどう》だぞ。早く洗って」

私はとりあえず言われた通り、肌《はだ》に付着した塗料《とりょう》を洗い流し始めた——赤い塗料が水道水に溶《と》けて、渦《うず》を巻《ま》きながら排水溝《はいすいこう》にゴクゴク呑《の》まれていく。やっぱり血みたいに見える。血にしては彩度《さいど》が高いけど。

自分自身が血を流しているような錯覚《さっかく》に陥《おちい》りながら、私は痛《いた》くなるほど腕《うで》をこする。

一方、由良くんは、準備室《じゅんびしつ》を出たり入ったりしていた。

「…………」私はとりあえず一通り塗料を洗い流し、
ふと、突《つ》き上《あ》げるような衝動《しょうどう》に駆《か》られ、由良くんに駆け寄り——

両手でドシッと殴《なぐ》った。ホントは後頭部を殴るつもりだったけど、私の足腰《あしこし》は未だにヘロヘロしていたから、うまく腕が伸《の》びなくて、背中《せなか》を押《お》す格好《かっこう》になってしまった。それでも勢《いきお》いだけはあったので、由良くんはその場にすっ転《ころ》んだ。

「なんだ⁉」

「バカ！」

「なんで⁉」

「うるさい！」

「謂《いわ》れのない非難《ひなん》だ！　俺、一応《いちおう》、あんたを助けたつもりなんですけど!?」

「うるさい！　何よアレ！　なんであんなこと言うのよ！」

「アレって？」

「え、う、あの、しょ、しょ、じょ、とか」

「ああ、アレ……」由良《ゆら》くんは床《ゆか》にあぐらをかき、フンと鼻を鳴らした。「ああいう下品なこと言うヤツは、大抵《たいてい》深くは考えてないんだから、こっちがあっちを上回る下品さで応《こた》えれば、ビックリして思考停止《ていし》するんですぅー」

「だからってあんな言い方ない！　私が恥《は》ずかしい！　バカ！」

「んだよもー、むつかしいなあ。いいじゃん、援交《えんこう》の噂《うわさ》が広まるより……それとも、何か、実は援交のほうが事実だったりするわけか」

「そんなわけない！」

「だろうな。あんたみたいに負《ま》けず嫌《ぎら》いで凶暴《きょうぼう》で鼻《はな》っ柱《ぱしら》の強い女、どんだけ堕《お》ちても見知らぬオッサン相手に愛敬《あいきょう》振《ふ》りまいたりできねぇだろ」

「そうよ、やるわけない！……男なんか大ッ嫌いだもん！」

「俺のことも嫌いなわけ」

「嫌い！」

「即答《そくとう》しやがった」

「嫌い……女も嫌い！　皆汚《みんなきたな》い！　人間は皆イヤ！　皆いらない！　皆嫌いだ!!」

全力で叫《さけ》んだので息が切れた。

喉《のど》が痛《いた》い。舌《した》が引《ひ》き攣《つ》る。心臓《しんぞう》が跳《は》ねるように鳴っている。

取り乱しまくる私を目の前にして、由良くんは落ち着いていた。「他には？」

「……え」

「他に嫌いなものは？」

「………」

なんだか力が抜《ぬ》けた。

あぐらをかく由良くんの目の前に、ぺたりと膝《ひざ》をついてしまった。

「……じ、自分、が」

脚《あし》や腕《うで》がブルブル震《ふる》えていた。歯の根が合わない……まだ暖かい気候《きこう》とはいえ、全身に水をぶっかけられたのだ。私の体は冷え切っていた。前髪《まえがみ》からは未だに水が滴《したた》っている。

寒い。それに、怖《こわ》い。怖かった。ホントはとても怖かった。

「自分のことが、嫌い……」

「まあそう言うなって」

由良くんは私に向かって手を伸《の》ばした。……が、すぐに引っこめた。

そして立ち上がり、笑顔《えがお》で言うことには、

「じゃ、脱《ぬ》げ、それ」

「うはっ。素《す》ジャーだ、素ジャー。やらしい」

　すじゃー？

……ああ。素肌《はだ》にジャージ、か。

　確《たし》かに、私は今、下着の上に直でジャージを着ている。でも、

「別に、こんなの……普通《ふつう》だもん。やらしくないもん」

「ええんです。このロマンは女の人には分からんのです」

　なんのこっちゃ。

　私が着ているこのジャージ上下は、私のものでも、由良《ゆら》くんのものでもない。美術準備室《じゅんびしつ》に置いてあったものだ。美術部ＯＢが寄贈《きぞう》と称《しょう》して残していった代物《しろもの》で、美術部員がたまに作業着代わりに着るらしい——私はそれを借りて、美術準備室で着替えたのだった。あちこちに点々と絵の具やニスなんかがついていたけど、洗濯《せんたく》されていて清潔《せいけつ》だった。

　乾《かわ》いたジャージ生地《きじ》は、さらりとして気持ちがいい。

　由良くんが迷《まよ》わず私を美術室に引《ひ》っ張《ぱ》ってきたのは、このジャージ上下と、タオルとドライヤー、そして塗料《とりょう》を落とすための道具いろいろがあったからだった。美術室って意外となんで

もある。

洗った衣服は、美術準備室の窓辺《まどべ》に干した。いい天気だし、気温は高いし、すぐに乾くだろう。シャツは「諦《あきら》めろ」との宣告《せんこく》を受けた。白いし、モロに引っかけられたから、「洗い落とす努力をするより新しいのを買ったほうが早い」とのこと。

「髪《かみ》はどうする」と由良くんが訊《き》いた。

髪の下半分にも、塗料がべったりついていたのである。

「……切るんじゃないの？」

「切らなきゃならないってわけでもない。シンナーで根気よく拭《ふ》き取《と》っていけばいい」

「でも……シンナーなんかで拭いたら、傷《いた》むよね……」

「まあ、多少はね」

「じゃあ、いい。面倒《めんどう》だし、臭《くさ》いし……それに、切ったほうが早い」

「かなりバッサリ切ることになるぞ」

「いいのよ」

「捨《す》て鉢《ばち》になるなよ」

「ううん、そういうわけじゃない……もともと、そのうち切ってしまおうと思ってたの」

「……あ、そう」椅子《いす》に座《すわ》れと手振《てぶ》りで示す。「じゃ、切ったる」

反対する理由が特になかったので、私は大人しく椅子にかけた。

　由良《ゆら》くんは、私の肩《かた》に、どこからか持ち出してきた大きな布をかけた。そしてハサミを持ち出し、躊躇《ためら》いもせずカットを始める。それはもう実に豪快《ごうかい》に潔《いさぎよ》く、ジョキジョキと。床《ゆか》に黒い毛束《けたば》がバサバサと落ちていく。

　最初のほうは私も気が気でなかったけど、ここまで切っておいて今さらやめてもしょうがないし、由良くんのハサミさばきに危《あや》ういところはなかったし、そのうち「どうにでもなれ」と開き直ってしまった……それに、誰《だれ》かに頭を触《さわ》ってもらうのは、気持ちがいい。

　十数分後。カット完了。

　出来上がりは意外なほどそれなりのものだった。

「うーむ、さすが俺……」と言いつつ由良くんはドライヤーのスイッチを入れ、特に遠慮《えんりょ》もなく淡々《たんたん》と、私の髪《かみ》にドライヤーの風を当て始めた。

　私はされるがままになっていた。

　背中《せなか》を覆《おお》っていた私の髪は、都合《つごう》、肩までくらいの長さになった。……軽い。あまりにも軽いから、なんだか、油断《ゆだん》したら、バランス崩《くず》して転《ころ》んでしまいそうだ。こんなに短くするのは、いつぶりだろう。なんか変な感じ。首のあたりがスースーして、心許《こころもと》ない。意味もなく不安になる。身包《みぐる》み剝《は》がされた気分……

「……………」なんかちょっと泣きたくなってきた。

「せっかく見つけた上々の素材《そざい》だったのに」

パチ、とドライヤーをオフにする音。

送風音がなくなって、由良くんの声ばかりが鮮明《せんめい》になる。

「あの、なんたらっていうコンテスト、潰《つぶ》そうか。でないと気が済《す》まない」

不穏《ふおん》な言い方。

私はなんだか不安になって、由良くんを見上げた。

冗談《じょうだん》を言ってるように聞こえなかったからだ。

「……何する気？」

「ん？……」由良くんは道具を片付けながら「いやいや、むふふ」と低《ひく》く笑った。

5

私の制服が乾《かわ》くまでの間に、学校を抜《ぬ》け出《だ》してラーメンを食べに行くことになった。なぜそんな話になったかというと、由良くんが「ラーメン食いたい」と言い出したからで、なぜラーメンなのかというと、由良くんが「昨日の夜中から、なんか、無性《むしょう》に食いたい」と言ったからだった。さらに「おごるよ」と言われてしまっては、異《い》を唱《とな》える理由はなかった。そういえば、なんかおなか減《へ》ってたし。

制服姿《すがた》の由良《ゆら》くんと、ジャージ姿の私。

午前の歩道を、並《なら》んでとろとろ歩く。

おもむろに由良くんが言った。「俺、一年の一学期に、高津《たかつ》さんに告《コク》られてるんだよね」

「えっ!?」

「意外か?」

……でもない、かも。「な、なんて返事したの?」

「断《ことわ》ったよ。その日その時まで一言も喋《しゃべ》ったことなかったし、それに、心象《しんしょう》がよくなかった、というのもある。告られたのが、『文化祭でやるコンテストに出てほしい』と言われて『嫌《いや》です』と断った直後だった。『じゃあ、私と付き合ってくれない?』と言われた……『じゃあ』ってなんだ『じゃあ』って」

「コンテストの件《けん》は、話しかけるためのキッカケだったんじゃない? 由良くんがコンテストに出るって言ってたら、もうちょっと何か違《ちが》ってたかも」

「出場を断られることが前提《ぜんてい》でなかったあたり、俺としては不本意だ。ともかく、以降《いこう》、高津さんはフラれたってのに物ともせず、事あるごとにやってきて、文化祭前日まで延々《えんえん》『コンテストに出てくれ』と言い続けた。そして今年も同様。そのしつこさはあんたが目撃《もくげき》した通り。俺は拒否《きょひ》し続けてる。去年は結局出なかったし、今年も出る気はない」

「………」

「で、今朝、高津さんはわざわざ美術室においでくださった。あんたが啖呵《たんか》切って出てった直後だったな。いつもの通り『コンテストに出てくれ』と言われるんだと思ってた。でもその話は出なくて、ただ、真顔で訊《き》かれた。『今の、髪《かみ》の長い娘《こ》と、どういう関係？』ってな」

「……それにはなんて答えたの？」

『あんたには関係ないと思いますけど』」

「……うーん……」

「俺は率直《そっちょく》な考えを述《の》べたんだ」

「率直すぎる……」

「そうだったんだねぇ。こういう結果になってしまったあたりを見ると。……高津さんが美術室から出て行った後、なんか様子《ようす》がおかしかったな、と気づいた。コンテストの話もしなかったし。なんとなく嫌《いや》な予感がした。なので俺は、あんたと高津さん、両方を捜《さが》した。ら、ああいう事態《じたい》になってた。女ってむつかしいね」

「……そうね」

交差点にさしかかった。角にはコンビニがあり、赤信号だったので、私と由良くんはそのコンビニを背《せ》にして立ち止まった。歩行者用信号機がまもなく青に変わろうかという丁度《ちょうど》そのとき、コンビニから、客らしき中年男が一人、出てきた。

ビニール袋《ぶくろ》を手に提《さ》げたその男――それは私の家に居《い》つくアイツで、ここで鉢合《はちあ》ったのはまったくの偶然《ぐうぜん》だったんだけど、あまりにも驚《おどろ》いたから、私の体はその場で凍《こお》りついたように動かなくなった。

由良《ゆら》くんは、私の動揺《どうよう》にすぐに気づいたようだった。

そうこうしているうちに、ヤツが私に気づく。少し驚いた顔をする。「あれぇ、なんでお前そんな髪《かみ》短くなってんの？　誰《だれ》かと思っちゃった」そして、私の隣《となり》に立っている由良くんにも気づき、やらしくニヤけた。「何、それ、お前のオトコ？」

声が出ない。動けない。

逃《に》げなきゃ、と思っているのに。

「あんちゃんよ、キミがいつもそいつの面倒《めんどう》見てくれてるの？」

いやだ。

喋《しゃべ》らないで。

私はようやく由良くんのシャツを摑《つか》んで引《ひ》っ張《ぱ》った。「行こう」

しかし由良くんは何を思ってか、私の力に抗《あらが》ってその場に踏《ふ》みとどまり、わざわざヤツに向き直ると、律儀《りちぎ》に一礼したのだった。「お世話《せわ》になってます」

ヤツはヘラッと笑い、「ははは、お世話にね、はいはい、どもども」

「……ねぇ、行こう！」

悲鳴みたいな私の声に、由良くんの無表情にほんの少し驚きが混《ま》じる。

私は由良くんのシャツを掴んだまま、来た道を早足で戻《もど》り始《はじ》めた。由良くんはもう抗うこともせず、私に引っ張られるまま歩いていた。

するとヤツが「おーい」と呼《よ》びかけてきた。

無視《むし》を決めこもうと思ったけど、

「俺、出ていくからー」

それを聞いて私は思わず足を止め、振《ふ》り返《かえ》ってしまった。「……え？」

十メートルほど離《はな》れたところに猫背《ねこぜ》で突《つ》っ立《た》っているヤツは、指先で耳をほじりながら、なんでもないことのように言った。「今日さ、オンナから電話あったのよ。もう怒《おこ》ってないからおいでってさ。えへへ。っつーわけで俺、今日からそっち移《うつ》るから。世話になったね」

「………」なんと言っていいか分からない。

何か言わなきゃ、と思うんだけど。

由良くんは、私とヤツの顔を、静かに見比べている。

ヤツは、私から由良くんに視線《しせん》を移し、品定めするような目つきで彼を眺《なが》め回《まわ》すと、また私にそのニヤケ顔を向けた。「意外と面喰《めんく》いだね、お前」

それを捨《す》て台詞《ぜりふ》に、ヤツはさっさと立ち去った。

「……なんなのよ……」

放心したように突っ立っている私の横で、由良くんは何やらブツブツ呟《つぶや》き始《はじ》めた。

「面喰《めんく》い……めんくい……めん、くい、麺《めん》……」してやったりと言わんばかりの輝《かがや》かしい目で、私の顔を覗《のぞ》きこむ。「なぁ、今、すっごいダジャレ思いついちゃった。聞きたい？」

「……いい」

「えー」

不服そうな由良《ゆら》くんには構《かま》わず、歩き出す。歩きながら、アイツの言葉を反芻《はんすう》する。

出て行くから……そっち移《うつ》るから……

ってことは、今日からアイツはもう、家にいないのか。あの家は、遂《つい》に私とお母さんだけのものになったのか。……あれ？　こんな終わり方なんだ？　なんだか拍子抜《ひょうしぬ》けしちゃう、あまりにも呆気《あっけ》なくて。劇的《げきてき》なものを期待していたわけじゃないけど、でも、じゃあ、今までの私の生《い》き地獄《じごく》のような苦悩《くのう》はなんだったの。

由良くんが「あのー」と、私の腕《うで》をぺたぺた叩《たた》いた。「のびる」

そう言われて初めて、自分が由良くんのシャツを摑《つか》んだまま歩いていたことに気づく。

「…………」私は彼のシャツから手を離《はな》し、同時に、歩道の真ん中で足を止めた。

由良くんもつられて足を止める。

しばらく私たちは無言で突《つ》っ立《た》っていた。

すぐそばを、ママチャリに乗ったおばさんが通り過ぎていく。

チュンチュンと雀《すずめ》がのどかに囀《さえず》っている。

いい天気。

由良くんが静かに言った。「さっきの、誰《だれ》」

「…………」気の抜《ぬ》けたような深くて長い溜《た》め息《いき》が、我知らず出た。「……お父さん」

由良くんはわずかに眉《まゆ》をひそめた。「実の？」

「実の」

私は、離婚《りこん》した母についていったので、もう姓は違《ちが》うけど、でも私の遺伝子《いでんし》の半分はまぎれもなくあの男のものなのだ。ゾッとする。でもそれは揺《ゆ》るぎない事実で、私が逆立《さかだ》ちしたって絶対《ぜったい》に変わることはなくて――

「あの……あのね、アイツね、絵に描《か》いたようなダメ親父でね、」私は由良くんに向き直り、正面から見据《みす》えた。「あいつがどれだけ最低《さいてい》な人間かってことを語り始めるとね、たぶん途中《とちゅう》で声嗄《か》れちゃう。酒好き、女好き、遊び好き。全部揃《そろ》ってるんだから。娘にまでお金借りに来るし、それで一円も返さないし、だからって貸さないと暴《あば》れるし暴力《ぼうりょく》も普通《ふつう》にふるうし、もう終わってるよね。信じらんないよホント。……あのさ、金融業者《きんゆうぎょうしゃ》からの電話に怯《おび》えたことある？　ベロベロに酔《よ》っ払《ぱら》った父親に、胸《むね》揉《も》ませろって言われたときって、どんな気持ちがすると思う？……分かんないよね。うん。私もなるべく深く考えないようにしてる」

「…………」

「元々ダメな親父だったけど、それでも何年か前までは、普通に給料もらえる仕事してたんだよ。でもね、なんか妙《みよう》なオンナに引っかかったらしくって……仕事は辞《や》める、昼から酒飲むようになる、その上、なぜかクリエイターを名乗るようになって、創作活動と称《しよう》して家の貯金《ちよきん》持って何ヶ月も消息《しようそく》不明になるし、もうワケ分かんなくなってきた」

「…………」

「お母さんはものすごい苦労して、今年の春にようやく、離婚《りこん》を成立させたの。逃《に》げるように引《ひ》っ越《こ》しして、さぁ心機《しんき》一転《いってん》、新生活を始めましょうって矢先に、職場で大量に下血《げけつ》して、救急車《きゆうきゆうしや》で運ばれて即《そく》入院。長期間にわたる過度のストレスのせいで、胃《い》とか腸《ちよう》に穴が開いちゃったんだって。お母さんは遠くの病院で今現在も入院中。私はお母さんが退院《たいいん》するまで独《ひと》りでいることになっちゃったけど、私たちの新生活はこれから始まるんだから、これからよくなっていくんだから、お母さんが帰ってくるまで一人でも頑張《がんば》ろう、家を守っていこう……って、思ったんだ。そんなとき、突然《とつぜん》、アイツがうちに転《ころ》がりこんできたの。オンナに追い出されちゃった、って。入居《にゆうきよ》できる物件見つかるまで私たちのとこに置いてほしい、って。そう言って、うちに上がりこむようになったの」

由良くんは、堰《せき》を切ったように喋《しやべ》り続《つづ》ける私を、黙《だま》って見ている。

こんなこと聞かされて、私のこと、どう思うだろうか。

ヘンなコって思うだろうか。

面倒《めんどう》なコって思うだろうか。

「今あの男と家で二人っきりだ、なんて言ったら、お母さんはきっとすごく心配して、すごく怖《こわ》がる。病状悪化しちゃう。せっかく治《なお》りかけなのに……だから私は、お母さんには相談しなかった。だんまり決めこんだ以上は、独りで乗り切るしかない、って思った。お母さんに気づかれないように、負担《ふたん》かけないように、独りで何とかするしかない。お金も自分で都合《つごう》するしかない……だからバイト始めたの。うちの学校がバイト禁止だってことは分かってたけど。それと、家には戻《もど》りたくないから、だってあの親父と顔を合わせたくないから、ネカフェで寝泊《ねとま》りするようになった。でもそのネカフェって、S駅近くで、ラブホ街も近くて……あのへんウロウロしてるところを、クラスメイトの誰《だれ》かに見られたらしくて、その話が巡《めぐ》り巡って、どういうわけか私は援交常習犯《えんこうじょうしゅうはん》ってことになっちゃった。それでよく分かんない誤解《ごかい》されて、クラスメイトからは変な目でみられるし、スプレーもぶっかけられるし、もう散々。あの男は私の父親だけど、疫病神《やくびょうがみ》でもある……」

ふふふ。

なぜか笑いがこみ上げる。

「こうして言葉にしてみると、なんか……すごく陳腐《ちんぷ》だ。適当《てきとう》に作った昼ドラみたい。おかしいよね。笑っていいよ」

「笑わないよ。笑っていいことじゃないだろう」

「……そうかな」

「そうだよ。あんた、なんでそんなに我慢《がまん》するんだよ」

それを聞いた途端《とたん》、ぽろりと一粒《ひとつぶ》だけ涙《なみだ》がこぼれた。なんの前触《まえぶ》れもなく。

自分でもまさか涙が出るなんて思わなかったから、ちょっとビックリした。

さすがの由良《ゆら》くんもギョッとしていた。「いや別に泣けって意味では」

「わ、分かってるけど……あの、なんか私……今、涙腺《るいせん》ゆるくなってるみたいで……うぅっ、ふっ、う、うっうう」

「え、え、ちょっと、本格的に泣くなよ。俺が泣かしてるみたいじゃん」

実際《じっさい》、私たちのそばを通りすがっていく人々には、カップルか何かがケンカしてるように見えるみたいで、由良くんに非難《ひなん》がましい視線《しせん》を送っている。

そんな中、珍《めずら》しくオロオロしている由良くんには申し訳ないけど、私はずいぶんスッキリしていた。胸《むね》の痞《つか》えが取れたような気がしていた。だからこそ今まで溜《た》めこんでいた涙が止まらない……悩《なや》みなんて、誰《だれ》かに話して、そして労《いた》わってもらうことができた時点で、半分は解決《かいけつ》してるようなものなのかも。


世界軒《せかいけん》は、学校から少し歩いたところにある、駅前通り裏《うら》のラーメン屋さんだった。聞くまで知らなかったけど、遠方からわざわざ訪《たず》ねてくるお客さんもいるような、ラーメンファンにはちょっと知られた店らしい。

暖簾《のれん》のかかった店先には丸椅子《まるいす》が並《なら》んでいて、私たちが到着《とうちゃく》したときには、すでに四人が腰《こし》掛《か》けていた。各人、携帯《けいたい》電話をいじっていたりぼんやりしていたり、暇《ひま》を持《も》て余《あま》している。

「……並んでる」

「いいじゃん。俺たちも並ぼう。ラーメン屋なんて回転《かいてん》早いもんなんだからすぐに入れる」

私たちが列の最後尾《さいこうび》につくのとほぼ同時に、先頭の二人が、店員に招《まね》かれて店に入っていった。私と由良くんは丸椅子に座った。

ご飯時にはまだ少しばかり早いっていうのに、もうこんなに並んでるなんて……ホントに人気店なんだ。

「並んでラーメン食べるのなんて初めて……」

「ここのラーメンは並んででも食べる価値《かち》がある」

「そんなに美味《おい》しいの？」

「ああ、なんと言ってもスープだ。ガッツリとんこつなんだが、上品な旨味《うまみ》と深いコクがある上に、醤油《しょうゆ》で味が引《ひ》き締《し》められていて、ゴクゴク飲める。麺《めん》は、北海道産小麦を百パーセント使用した熟成多加水麺《じゅくせいたかすいめん》。シコシコとした程《ほど》よい嚙《か》みごたえとほのかに甘い小麦の香《かお》りは、とんこつ醤油のスープと相性抜群《あいしょうばつぐん》だ。で、自家製チャーシューがまたうまいんだな。あのチャーシューを生み出した店長は天才だと俺は思う」

由良《ゆら》くんの隣《となり》に座《すわ》っていたサラリーマン風のおじさんが「お兄さん分かってるね」と大真面《おおまじ》目《め》な顔で呟《つぶや》いた。

おじさんに「いたみいります」と返してから、私に顔を向ける。「と、まあ、総合的に素晴《すば》らしいわけだ。なんていうかこう、一つのどんぶりの中に創造性が満ちてんだよ、創造性が」

「ふーん」

「なんだどうでもよさそうな返事しやがって」

「ラーメン、好きなのね」

「できればとんこつスープの海で泳ぎたいね」

「……そう」

「そもそも吉野《よしの》はラーメン自体あんまり食べなさそうだな」

「そうね。そんなに食べないかな」

隣でクスリと笑う気配がした。

「?」

由良くんは、含《ふく》んだところのある横目で私を見ながら、ニヤニヤ笑っていた。

「何よ?」

「今、あんた、吉野で返事したね」

「……あ!?」思わず口元を押《お》さえる。

うっかりしてた。

私は、由良くんには『益田水衣《ますだみえ》』と名乗っているのに。

油断《ゆだん》してた……！

「やっぱりね。あんたは、益田水衣じゃない。二学期の始業式と同時に二年五組に転校してきた、吉野彼方《かなた》だ」

そう。

私の名前は、吉野彼方。由良くんと下の名前が同じ——美術室に見学しに行った日、部長さんが見せてくれた部員名簿《めいぼ》で、由良くんの下の名前を目撃《もくげき》して「これはマズイ」と思った。だから名前を尋《たず》ねられたとき、違《ちが》う名前を口走ってしまった。

益田水衣というのは、五組で私の隣に座っている女子だ。字面《じづら》が綺麗《きれい》だと思ったから、その娘《こ》の名前だけ、よく覚えていた。だから、咄嗟《とっさ》に思いついたのが、この名前だった。

そうこうしているうちに、店から食べ終えたお客さんが出てきたり、私たちの直前に並《なら》んでいた二人が店員に招《まね》かれて店に入っていったりした。ホントに人の出入りが激《はげ》しい。

「まんまと騙《だま》された。先取点はあんたが取ってたんだな。俺としたことが」

「……どうして分かったの？」

「どうもこうも。簡単《かんたん》なことだ。俺、あんたを捜《さが》してたって言ったろ。あんたが何組か分からなかったから、とりあえずうちのクラスのヤツに、益田水衣っつーのを知らないか訊《き》いて回った。わりとすぐに五組だと分かったんで、五組を訪《たず》ねた。そしたら、出てきた益田水衣《ますだみえ》は、俺の知ってる益田水衣とはまったく違《ちが》う人物だった。そこでようやく、偽名《ぎめい》を使われてたんだと分かった。今度は、本物の益田水衣にあんたの特徴《とくちょう》を言って、知ってるかどうか訊《き》いてみた。そしたら、吉野彼方《よしのかなた》という名前が出てきた……というわけだ。さて、なんで偽名なんか使ったのか、聞かせてもらおうか」

「…………」

そのとき、店の引違《ひきちが》い戸《ど》がカラカラと開いた。店員さんが顔を出し、「お席空きましたー、どうぞ！　お待たせしました！」

由良《ゆら》くんは「はーい」と弾《はず》んだ声で立ち上がり、いそいそと店に入っていった。ラーメンが好きだというのは嘘《うそ》ではないらしい。

「…………」毒気《どくけ》を抜《ぬ》かれる。私も、ノロノロと店に入った。

店員さんたちの、威勢《いせい》のいい挨拶《あいさつ》に迎えられる。店の中はムッと熱気がこもっていた。店内に話し声はほとんどなく、麺《めん》を啜《すす》る音ばかりが響《ひび》いていた。誰《だれ》もが俯《うつむ》いて、顔にうっすら汗《あせ》を浮《う》かべながら、黙々《もくもく》と箸《はし》を動かしている。

カウンターの、一番奥《おく》に空いた二席に通された。

私は普通《ふつう》のラーメンを頼《たの》んだ。由良くんは、ラーメン大盛《おおも》りに何やら複数のトッピングを追加した上、炒飯《チャーハン》と餃子《ギョウザ》を頼んだ。

「そんなのに食べるの？」

「食べる食べる。で、さっきの話の続きだけど。なんで偽名なんか、という件《くだり》」

「……なんでって」

「俺と同じ名前だから、名乗るのいやだった？」

「………」

「俺は気にしないのに。それともそんなに俺が嫌《きら》いか」

「そ、そういうわけでは……」

「じゃあ、なんで？」

「……彼方ってよくある名前じゃないのに、同じ名前だったら、きっと強いインパクト与えちゃう、と思って……もう、からまれるの、いやだったの」

「ひどい」

「だ、だって、由良くん、第一印象《いんしょう》最悪だったもん。確実《かくじつ》に変な人だったもん……人の顔見るなり『髪《かみ》ちょうだい』とか『頭蓋骨《ずがいこつ》の形がいい』とか言って……」

「ホントのことだもん」

「全然反省してないし……」

「俺は最上級に褒《ほ》めてたのに！」

「由良くん的にはそうかもしれないけど……」

餃子《ギョウザ》が運ばれてきた。こんがりキツネ色の焼き面を見せる餃子が、一皿に六個。

由良《ゆら》くんは、手近にあった醤油《しょうゆ》と酢《す》とラー油で手早く餃子のタレを調合し、その小皿を「半分コね」と私のほうに押《お》しやった。

「は、半分もいらない……」

「なんで。餃子も美味《うま》いのだよ」

「ラーメンも食べるのに、そんなに食べられない。一個でいい」

「えー、胃が小《ちい》せぇ」と言いつつ、不満はないらしい。餃子をバクバクと食べ始める。

私も一ついただいた。

「美味《おい》しい」

「そうだろう」

しばらくは黙々《もくもく》と餃子を食べていたが、
半分以上を消費《しょうひ》したところで、箸《はし》を止めないまま、由良くんは言った。「今朝、美術室で、あんた言ったな、『弱みを握《にぎ》ったつもり？』と。つまり、昨日、俺はあんたと顔を合わせて、あんたにとって不都合《ふつごう》なことを見聞きした、と、そういうことでいいんだな？」

妙《みょう》な言い方をする。

もしかして――

「ホントに、覚えてないの？」

N駅前のファストフード店での、あの、修羅場《しゅらば》じみた言い争いを。

そういえば、彼は、ずっと俯《うつむ》いていた。私が大きい声を出す瞬間《しゅんかん》まで、ずっと。……声だけじゃ、私だって分からなかったのかもしれない。目が合ったのも、ほんの一瞬《いっしゅん》だ。私を私と気づかなかったのかもしれない。……あ。もしかしたら、由良くんって、すごい近眼《きんがん》だったりするのかも……いや、それとも、単に私の見間違《みまちが》い？

「それを今、考えてるんだ」

などと言っていたら、ラーメン二つと炒飯《チャーハン》が運ばれてきた。

由良くんがいそいそと食べ始めたので、私も倣《なら》う。

「美味しい」

「そうだろう。むふふ」

それからは無言になった。店内に話し声がないわけが分かった。

私には、スープがとんこつとか鶏《とり》ガラとか、ましてや麵《めん》原材料の生産地がどうとかいうことはさっぱり分からないけど、でもここのラーメンは、あっさりしてて美味しいと思った。

並《なみ》ラーメンだけの私より、大盛《おおも》りラーメンに炒飯の由良くんのほうが食べ終わるのが早かった。私が食べ終わるのを待つ由良くんは、しばらくは黙《だま》ってお冷《ひや》を飲んでいたのだが——

「一つ確認《かくにん》しておきたいことがある。昨日、どこで、その聞かれたくないことってのを、俺に聞かれてしまった？　学校じゃないだろ」

「うん。N駅の前の、モクバーガー」

由良《ゆら》くんは苦々しい顔をした。「やっぱり」

「あのへんに住んでるの？」

「いいや」

「じゃあ、あのへんに何か用があったの？」

「俺ん家《ち》来たら教えてあげる」

「……は？」

私が不信感全開の顔をしているのを見て、由良くんは慌《あわ》てて「変な意味じゃない」と言い足した。

「種明かしだよ。俺の家に答えがある」


学校を起点として、十五分くらい。

門にくっついているのは、『由良』と書かれた表札と、警備《けいび》会社のステッカー……その家は、黒い瓦《かわら》と白壁《しらかべ》が立派《りっぱ》な、日本家屋《かおく》だった。

「おっきなおうち……」

「古い家ってのは大抵《たいてい》でかく作ってあんの」

格子戸《こうしど》をカラカラと開ければ、玉砂利《たまじゃり》の敷《し》き詰《つ》められた、ちょっとした前庭《ぜんてい》。飛石伝《とびいしづた》いに進むと、立派な造りの母屋《おもや》へ辿《たど》り着《つ》く。……なんか、料亭《りょうてい》みたい。料亭とか入ったことないけど。

広い三和土《たたき》に入ると、由良くんはまず、二階に向かって大声を張《は》り上《あ》げた。

「アタカ！」

靴《くつ》をポイポイと脱《ぬ》いで玄関《げんかん》に上がり、階段《かいだん》の下で、もう一度呼《よ》びかける。

「アタカ！　ちょっと降《お》りてきて！」

二階から、扉《とびら》の開く音。

トントントンと、誰《だれ》かが階段を降りてくる。

「なんだなんだ、帰るなり……」

姿《すがた》を現したのは、男の子だった。

その顔は——

「ただいまくらい言っ……およ？　女の子同伴《どうはん》」

由良くんに、瓜二《うりふた》つ、だった。

絶句《ぜっく》する私に向き直り、由良くんが言った。「こいつ、俺の兄貴」

「えっ……え、何、まさか……双子《ふたご》なの⁉」

「うん」「どもども。由良宛《あたか》です。宛先《あてさき》の『宛《あて》』と書いて『アタカ』と読みます。カナちゃんがいつもお世話《せわ》になってます」

……双子《ふたご》。

玄関《げんかん》に並《なら》ぶ二つの顔を見比べてみるが、見れば見るほど、

「そっくり……」

「「まぁねえ、一卵性《いちらんせい》だし」」

わあぁ、ナチュラルにシンクロした……

顔立ちはもちろん、背格好《せかっこう》も、声も、ほとんど同じ。分かりやすい違《ちが》いといえば、髪型《かみがた》くらいだろうか。由良《ゆら》（弟）は伸《の》ばしっ放《ぱな》しというカンジだけど、由良（兄）はこざっぱりと整えてある。後は、不気味なほどそっくり……つまり、帽子などをかぶって髪型が分からない状態《じょうたい》であれば、見分けはほぼつかない、ということになる。

「宛《あたか》は、高専に通ってるんだ」

高専は、N駅を最寄り駅とする学校だ。決まった制服は、ない。

「……あ。じゃあ、もしかして……昨日私が見かけたのは、由良くんじゃなく、」

「たぶんね」

「……そうか……」

私が見かけたのは、由良彼方《かなた》くんではなく、由良宛くんだったというわけだ。

「ちょいちょい」と由良（兄）が、由良（弟）を肘《ひじ》でつついた。「話しこむ前にお兄ちゃんに紹介《しょうかい》しんさいよ。こちらは、アレか、カナちゃんのカノジョか」

「うへへ」

「ち、違います」

「えー」

「あら」

エヘンとわざとらしく咳払《せきばら》いして、由良（弟）は私を掌《てのひら》で示した。「こちら、吉野《よしの》さん。一昨日《おととい》、俺の頭に夾竹桃《きょうちくとう》挿《さ》したのは、この人」

「だはっマジ!? アハハハ！ あれやったの、君!? アハハハ！ ぐっじょぶ、ぐっじょぶ！」

「…………」

「で、フルネームは？」

デジャヴだ。由良（弟）も、確《たし》か以前、同じことを訊《き》いた。さすが双子。

「……えーっと、」由良（弟）が、遠慮《えんりょ》がちに私の顔色を窺《うかが》うので、
私は自分で名乗った。「吉野彼方です」

「カナタ？」案《あん》の定《じょう》、由良（兄）は目を丸くした。「弟と同じ名前？」

「そうです」

「へー、珍《めずら》しー……あー、じゃあ、吉野さんがうちに嫁《とつ》いだら、二人とも由良彼方になるから、非常《ひじょう》にややこしいね」

「ホントだ」

「と、嫁《とつ》ぎません」

「えー」

「あらら」

「つか、敬語《けいご》じゃなくていいし。タメだし」

確《たし》かにそうだった。宛《あたか》くんは、由良《ゆら》くんのお兄ちゃんだけど、同い年なのだ。

高専はまだ夏休み中らしい。だから、平日のこんな時間だけど、こうして家にいる。

私は由良家の客間に上がらせてもらった――青々とした畳《たたみ》。水墨画《すいぼくが》の掛《か》け軸《じく》がかけられた床《とこ》の間《ま》。大きな座卓《ざたく》にはすごい細かい螺鈿細工《らでんざいく》とかしてあるし……

敷地《しきち》に足を踏《ふ》み入《い》れたときから薄々《うすうす》感じてたけど、やっぱこの家って、俗《ぞく》に言う「いいとこ」なのでは……なんて、頭の片隅《かたすみ》でジリジリと考える。こんな立派《りっぱ》な和室に学校のジャージで座《すわ》ってるのは激《はげ》しく場違《ばちが》いな気がする。

「昨日の夕方に、N駅前のモクバーガー？　うん、行ったよ」宛くんは大きく頷《うなず》いた。「新学期始まってすぐにグループ演習あるんで、その打ち合わせするのに学校行って、帰りにちょっと寄って、軽く食った」

私と由良くんで「「やっぱり」」と顔を見合わせる。

「何なに？　なんだよ。なんで？」

「吉野《よしの》は、N駅前のモクバーガーで宛を目撃《もくげき》したらしいんだ。でも俺らが双子《ふたご》ってことを知らなかったから、それを俺と勘違《かんちが》いした」

「あー、そっか……おお。なんか久しぶりだな、由良違い」

「ホント。中学生ん時以来だ、由良違い」

由良宛と由良彼方を間違えたから、「由良違い」？

二人を見間違えたのは、私が初めてではないらしい……そりゃあ、これだけ似《に》てたら、間違える人も出てくるよね。

宛くんは頬杖《ほおづえ》をついた。「でも、それで何か問題が起こったわけじゃないんだろ？」

私と由良くんで「「……問題が」」と顔を見合わせる。

「……あれ？　何かあった？」

「あの、えっと……その店で、近くに座《すわ》ってた人のことは、覚えてる？　二人組だったはずなんだけど。オジサンと、制服着た女子……つまり私なんだけど」

宛くんは首を捻《ひね》った。「そう言われればそんな人がいた気もする」

「全然、覚えてないの？」

信じられない。

あんなに大声で喋《しゃべ》ってたのに。

宛《あたか》くんは少し考え——「俺、勉強かなんかしてなかった?」

「してたと思う」

「だからかな。ガーッと集中すると周り全然見えなくなるんだよね」

「……そう」

すごい集中力なんだな。でも、頭いい人って、そういうとこあるかも。

宛くんは、高専の機械工学科らしい。この学校の、特にこの学科は、ホントに頭いい人たちが行くところ、というイメージがある。集中力がすごいから、成績もいいってことなのかも。

「で、それが何?」

「あ……あの……」

なんて説明しよう?

私がまごついていると、

「何も覚えてないならいいんだ」と、由良《ゆら》くんがすかさず言った。

そして「そう?」と、宛くんも、あまり首を突《つ》っこんではこなかった。

……そうか、いいのか。

気にならないのかな。私が何をこんなに隠《かく》したがってるのか、とか。

もちろん、あんな内容……他人に教えずに済《す》むならそれに越したことはないんだけど……でも、彼らをここまで巻《ま》きこんでおきながら結局説明なし、というのは……なんとなく、申し訳ない気持ちになる。

しかし、やっぱり今は話せない。話したくない。

「うーん」と宛くんはさらに首を捻《ひね》った。「そう言われてみれば確《たし》かに、カナちゃんとこの制服着た女子、そばに座《すわ》ってた気がする。でも、あんときの娘《こ》は、髪《かみ》がもっと長かった気がする」

「ああ、それは」由良くんがすかさず口を挟《はさ》んだ。「切ったんだよな？　バッサリと」

「……うん」

「へー、ずいぶんバッサリいったね」

「イメチエンってヤツだよ、アーちゃん」

「なるほどねぇ」と宛くんはコクコク頷《うなず》き「あ、そうだ」と、おもむろに立ち上がった。「お茶のお代わりを持ってくるよ。皆《みんな》飲んじゃったみたいだし。そうそう、なんか菓子《かし》あったはずだし、それも持ってこよう」

「……あ、どうか、お構《かま》いなく……」

「いやいや。うちに上がった女の子はもてなさずに帰すな、というのが家訓《かくん》でして」

「初めて聞いたわそんなの」

とボヤく弟の肩《かた》を、宛くんは笑顔《えがお》で叩《たた》いた。

「カナちゃん、手伝え」

「は？」

「オカンが昨日、教室の生徒さんからもらった菓子《かし》、あったろ。あれ、どこにしまったか、覚えてるだろ？」

「覚えてない」

「よしよし覚えてるな。あれ、出そう。三人分用意するから、手伝え」

「…………」由良《ゆら》くんはブツブツ文句《もんく》を言いつつも立ち上がり、和室を出て行った。

「ちょっと待っててね、吉野《よしの》さん」と、宛《あたか》くんも出て行く。

一人取り残された私は、することもなく、ぼんやりしていた。

目を閉じて、深呼吸《しんこきゅう》してみる。畳《たたみ》のいい香りがする。出してもらった座布団《ざぶとん》もふかふかで、とっても座《すわ》り心地《ごこち》がいい……ああ、そうだ。この畳に横になって、この座布団に頭を乗っけたら、気持ちいいだろうな……

なんてことをふと思いついてしまって、
いったん思いついてしまうと、そのことばかりグルグルと考えてしまって、
ものすごく実行したくなった。

いやいや、そんなの、ダメよダメよ。他人《ひと》さまのおうちで。初めてお邪魔《じゃま》した客間で。そんな、ゴロゴロするなんて。絶対《ぜったい》ダメ。子供だってそんなことしないよ……ああ、でも、ちょっとだけなら分かんないかな。私、ここのところずっと、ゆっくり寝《ね》てないんだ……ううん、そんなの言い訳にならないよ。絶対ダメ。甘えちゃダメ……でも、今も、眠《ねむ》くて眠くてしょうが

ないんだ。だから、お願い。ごめんなさい。ちょっとだけ。ちょっとだけ許《ゆる》してください。由良くんか宛くんの足音が近づいてきたら、何事もなかったかのように起き上がります……心の中で言い訳がましいことを唱《とな》えながら、体をごろりと横たえる。座布団に、もふっと頭を乗せる。……うーあー、やっぱりラクー。きもちいいー。はあー。

想像通り、いや想像以上に、快適《かいてき》な寝心地《ねごこち》だ。

あー、たまらない。この座布団、抱き締《だ》めたい。

じっと横になっていると、改めて、自分がひどく疲《つか》れていたことに気づく——そして、急《きゅう》激《げき》にのしかかってくる眠気《ねむけ》。濃厚《のうこう》な暗闇《くらやみ》が押《お》し寄《よ》せてくる。瞼《まぶた》が開かない。体が動かない。柔《やわ》らかい泥《どろ》の中に、全身がずぶずぶと沈みこんでいくような感覚《かんかく》。睡魔《すいま》の誘惑《ゆうわく》……それは、少し怖《こわ》いけど、でも、抗《あらが》う気なんて起きないくらい気持ちがいい……

6

暗い水中から急浮上《きゅうふじょう》して水面に勢《いきお》いよく顔を出す——それに似《に》たスピードで覚醒《かくせい》する。見知らぬ天井《てんじょう》がまず目に飛びこんでくる。今自分がどこにいるのか、一瞬《いっしゅん》、混乱《こんらん》する。しかしすぐに由良くんのお宅の和室で横になってそれっきりだったことを思い出す。

急に心拍数《しんぱくすう》が上がってきて、私は飛び起きた。そして自分の体の上に柔《やわ》らかいタオルケットがかけられていたことに気づく。続いて、体の下にある、白くて清潔《せいけつ》なシーツがかかった敷布《しきぶ》団《とん》と、ふっくらした枕の存在《そんざい》に気づく。

わわわ？

これ、なんで？　いつの間に？

障子《しょうじ》を透《す》かして射《さ》しこむ陽光《ようこう》は白くて明るい。まだ陽《ひ》は高いみたいだ。

私は襖《ふすま》をそっと開け、廊下《ろうか》に出てみた。

廊下の奥《おく》にある扉《とびら》の向こうから、物音がしている。私はそちらへ向かった。なんとなく息を殺しつつ、扉にはめこまれたガラスから内部の様子《ようす》を窺《うかが》う。その部屋はリビングらしきところだった……このおうち、外観は純和風だけど、洋間もあるみたい。

中央に置かれたソファには宛《あたか》くんが座《すわ》り、テレビに向かってゲームをしていた。

私は扉を開けながら、恐《おそ》る恐《おそ》る声をかけた。「あのー……」

ハッと振《ふ》り返《かえ》った宛くんは、私の顔を見るなり「うわーっ！　起きた！」

その勢《いきお》いに少々ビビりつつ「あの、今、何時ですか……」

「あ、ええっと、えー、一時ちょっとすぎだね」

うわああ。

一時間も寝《ね》ちゃったのか。

私は恥《は》ずかしくて顔が上げられなかった。「ご、ごめんなさい、私……つい」

「いいよいいよ。疲《つか》れてたんでしょ」

「ごめんなさい……こっそり、少しだけ、の、つもりだったの。まさか一時間も……」

「ん？　ああ、いや、一時間じゃないよ」

「え？……あっ、ま、まさか夜の一時!?　じゃないよね!?　外、明るいよね!?」

「うん、違《ちが》うよ。昼の一時だよ」

「そ、そう……」私はホッと胸《むね》を撫《な》で下《お》ろし、

「二十五時間だよ」

その一言で思考が止まった。「……え？」

「吉野《よしの》さんねぇ、丸一日ぶっ通しで眠《ねむ》り続《つづ》けてたんだよ」

顔からスーッと血の気が引いていく。「嘘《うそ》でしょ」

「いや、ホント」

そんなバカなと思いつつ、よく見ると、そういえば宛くんの着ているものが違っていた。初めて会ったときは黒いTシャツを着ていたけど、今は白地のプリントTシャツを着ている。まさか一時間のうちに着替えたのでもないだろうし……

「でも、そんな……まさか一日も……いくらなんでもそんなにぶっ通しで眠るわけが……」

「いやー、寝てた寝てた。吉野さんはよく寝てた。近年稀《まれ》に見るいい眠りっぷりだった。夜も

更《ふ》けてきたときには、遅《おそ》くなったら困《こま》るだろうし、さすがに起こそうかってことになったんだけど、いやー、揺《ゆ》すっても呼《よ》びかけても、ピクリともしなくて。アハハハ。じゃあそっとしといてあげようってことになって。ここに泊《と》めちゃえばいいじゃんってことになって。んで、布《ふ》団《とん》とか敷《し》いてみたんだけど。迷惑《めいわく》だったかな」

ひゃああ。

顔が熱くなる。「迷惑だなんて。かえって私が迷惑を。ごめんなさい……」

「いいんだって。それより、吉野《よしの》さん家《ち》に連絡《れんらく》してないの、大丈夫《だいじょうぶ》かな。カナちゃんが、連絡はしなくてもいいって言ってたんだけど。やっぱり電話とかしといたほうが」

「あ……それは、うん、大丈夫……家に電話しても誰《だれ》もいないし……」

あー、恥《は》ずかしい。恥ずかしい。穴があったら入りたい。

ああ、バイト入れてなかったのは、セーフだったな……

……そういえば、由良《ゆら》くんはどうしたのかな。

眼《め》をキョロキョロさせていると、宛《あたか》くんは私の疑問を察《さっ》したらしい。

「あ、カナちゃんは学校行ったよ」

「学校……」

一日眠《ねむ》ってたってことは、昨日が金曜だから、今日は土曜で、つまり文化祭一日目だ。

そうか。美術部の展示《てんじ》とかもあるだろうし、由良くんといえどやっぱり参加《さんか》はするんだな。

体調不良でもないのに欠席してしまったのなんて、全校でも私くらいじゃないかしら。

……なんてことをグルグルと考えていたら、宛くんが明るく言った。

「よーし、じゃあ、どうしよっか？　一日寝《ね》てたんだからおなか空《す》いてるんじゃない？　なんか食べたいものある？　簡単《かんたん》なものでよければ作るよ。それか、うちのでよければ、風呂《ふろ》に入ってもらっても」

ええ――っ。

私はかぶりを振《ふ》りながら思わず後退《あとずさ》った。「ダメよダメダメ」

「なんで？」

「ホントにそこまでしていただくわけには」

「二十四時間風呂だし、すぐ沸《わ》くよ」

「そういうんじゃなくて……そ、それに着替えもないし……」

「着替えはオカンが出しといたヤツあるから」

「……えーっと、」

うーん……ソツがない……

なんにでも対応可能《たいおうかのう》なこの柔軟《じゅうなん》さは「さすが由良兄」と言うべきかしら……

……そりゃ、あんな弟を持ってたら、何事にも動じなくなる、かな……

「って、そうだ。吉野さん起きたら電話しろって言われてたんだ」

と、宛《あたか》くんはソファに置きっ放しだった携帯《けいたい》電話をいそいそと取り、通話を始めた。

電話の相手と一言二言やりとりし、そして私に向き直る。

「代わってって」

宛くんの携帯電話を受け取り、耳に当てる。「もしもし?……」

『よく寝《ね》た?』

と、由良《ゆら》くんの声——宛くんとほぼ同じ声だけど、やっぱりどこか雰囲気《ふんいき》が違《ちが》う。

由良くんと電話で話すのは初めてだから、なんか変な感じ。

「……うん、ごめんなさい」

『なぜ謝《あやま》る。謝られるようなことをされた覚えはない』

「…………」

『しかしホントよく寝てたな、あんた。よっぽど眠《ねむ》かったんだな』

「……そうみたい」

『ま、宿代《やどだい》代わりと言っちゃなんだけど、寝ているところをデッサンさせてもらった。寝ポーズの女子なんて、なかなか実物を目の前にして描《か》く機会ないし』

「嘘《うそ》っ!?」

『うーそー』

「…………」

『ギャハハハ。いくらなんでもそんなことしねーよー』

「……由良くんならやりかねない、と……」

『ひどい。まるで俺が何をやらかすか分からない人みたいに』

「…………」

『ところで、吉野《よしの》、これから時間あるか？』

「え、うん……」

『じゃ学校来い』

「…………」

それはさすがに気が引けた。

昨日あんな目に遭《あ》わされたばかりなのに。

あの人たちと顔を合わせる可能性《かのうせい》が少しでもあるところには、今はまだ行きたくない……

「……どうして？　気が進まない……行っても、きっと楽しめないし……」

『いいや。楽しめる。楽しませてやる』

「？……」

『来いよ。美術室で待ってるからな』

というわけで私は由良邸《ゆらてい》を辞去《じきょ》し、学校に向かって歩き始めた。

晴天《せいてん》だった。気温もうだるほどには暑くなく、きっとこれは最高に文化祭日和《びより》だ。

初めのほうはたらたら歩いてたんだけど、自分の歩くスピードがなんとなくもどかしくなって、だからいつの間にか早足になってて、流れていく空気や風景が爽快《そうかい》だったから、そのうち私は本格的に駆《か》け出《だ》していた。

なんだかすごく手足が動かしやすい。呼吸《こきゅう》がスムーズだ。

どこまでも走れる気がする。体ってこんなに軽いものだっけ？

ジャージだし。髪《かみ》バッサリ切ったし。ワーッて泣いたし。父は家から出て行ったし。由良ドッペルゲンガーの謎《なぞ》（？）も解《と》けたし。それに、いっぱいいっぱい眠《ねむ》ったし……そういう、重いものとか引っかかるものとか鬱陶《うっとう》しいものとか、全部取《と》っ払《ぱら》っちゃったからだろうか。だからこんなに軽くなったんだろうか。

まあなんでもいいや。

とにかく今はこの解放感《かいほうかん》を堪能《たんのう》するため、走るのみ。

そうそう……それに、由良くんが待ってるし。

学校に近づくにつれ、人通りが増《ふ》えていく。こういうお祭りの日なので、ジャージ姿《すがた》の女子が一人で走っていても、誰《だれ》も気に留《と》めなかった。

　この学校の文化祭は、土日を使って開催《かいさい》される。他校の生徒も一般客も自由に入場できるから、この二日間、学校内・学校周辺は、ホントに賑《にぎ》わしくなる。

　校門前あたりからすでに、かなりたくさんの一般客で溢《あふ》れかえっていた。それこそ、老若男女、様々な人たちがいた——小学生か中学生の友達グループ、他校の制服を着た女子の一団、親子連れ、老夫婦、若いカップル、などなど。

　一般入場する人々に紛《まぎ》れて、私も校門をくぐった。校門に飾《かざ》られているのは、有志《ゆうし》制作の入場門。今年の文化祭テーマ「レトロ浪漫《ろまん》」をイメージして作ってある力作だ。あちこちに貼《は》ってあるポスターも、色遣《いろづか》いとかレタリングとか、凝《こ》っていてとても可愛《かわい》い。

　生徒玄関前《げんかんまえ》には、屋台村《やたいむら》がある。飲食系の模擬店《もぎてん》が集められている場所だ。威勢《いせい》のいい呼《よ》びこみも、漂《ただよ》ってくる食欲を刺激《しげき》する匂《にお》いも、全部無視《むし》し——

　私は校舎に入って、四階・美術室に向かった。

　祭りの喧騒《けんそう》から遠く離《はな》れて、ひっそり静かな美術室。

「来たな！」

　やはりというかなんというか、エプロン着用の由良くんは、今日も窓際《まどぎわ》でシャボン玉液《えき》を調合していた。広い美術室に、洗剤《せんざい》の爽《さわ》やかな匂いが漂っている。

　私は胸《むね》を押《お》さえつつ、なんとか呼吸を整えようとした。「だって、由良くんが……来いって言ったし……」

「走ってきたの？」

「……うん」

「うへへ」と由良《ゆら》くんは機嫌《きげん》よさそうにコクコク頷《うなず》くと「じゃーん。見てコレ」と、私の目の前に何かの道具を突《つ》き出《だ》した——形状《けいじょう》としては、メガホンに似《に》ている。でも吹込口の孔《あな》は一つなのに、吹出口の孔は篩《ふるい》のように無数にあった……これ、何に使うものだろう？

由良くんは胸《むね》を張《は》った。「これは、シャボン玉大量発生ツール。名づけて、ぶわぶわくんだ」

「ぶわぶわ？……」

「これで吹けば、シャボン玉が気持ち悪いくらいぶわぶわ出てくるんだ」

と、ぶわぶわくんの広口のほうをバケツのシャボン玉液《えき》にドボンと数秒浸《ひた》し、狭口《せまくち》のほうから息をフーッと勢《いきお》いよく吹きこむ。

無数の孔から、確《たし》かに気持ち悪いくらい大量のシャボン玉がぶわぶわっと出てきた。

美術室の窓《まど》から落ちていく大小のシャボン玉を見て、私は思わず嘆息《たんそく》してしまった。

「すごいだろう」

「うん……これ、由良くんの手作り？」

「おう。ぶわぶわくんの性質に合わせて、シャボン玉液のレシピも独自に開発した。俺のシャボン玉研究の集大成だ。杉山《すぎやま》兄弟には遠く及《およ》ばないけど、でもなかなかのもんだろ」

由良くんが電話で言ってた「楽しめる」ことって、この、ぶわぶわくんのことかな。

うん、確かに、楽しそう。

「あ、あの……私もやっていい？」

「もちろん、いいよ。でも、もうちょっと後でね」

「？」

由良くんはニコーと笑った。「とっておきのロケーションがあるんだ。そこに移動《いどう》しよう」

だよね。

「こんなところ、勝手に降《お》りていいの？」

「あんまりいいことはない」

由良くんの手を借りつつ、三階の窓から、南棟《みなみとう》二階と東棟二階を結ぶ渡《わた》り廊下《ろうか》の、屋根の上に降りた。文化祭期間中、開放されるのは校舎の二階まで。三階以上は、基本的に関係者以外立入禁止になる。校舎内には現在ひと気がないので、誰にも見咎《みとが》められることはなかった。

この渡り廊下の屋根、コンクリート造りだからしっかりしてるけど、やっぱり高さがあるから風も強く感じるし、ちょっと怖《こわ》い。

恐《おそ》る恐《おそ》る縁《へり》へ寄って、そっと下を覗《のぞ》いてみる――けっこうたくさんの人が歩いていた。

「ここでやるの？」

由良《ゆら》くんは、運んできたシャボン玉液《えき》入りバケツを、ゴツンと下ろした。「全方向に程《ほど》よく空間が開《ひら》けてるだろ。壁《かべ》はなく天井《てんじょう》もなく地面は狭《せま》い。シャボン玉のランダムな動きを最もじっくり観察できる場所が、学校の中ではここなんだ」と腕時計を見やり、「――でも今はやっぱ下に人が多すぎるから、もうちょっとまばらになった頃《ころ》にやろうか」

「うん」

私と由良くんは壁《かべ》を背《せ》にして、窓の下に並《なら》んで腰掛《こしか》けた。

由良くんはエプロンのポケットからペンチを取り出し、ぶわぶわくんの最終調整を始めた。

私は、美術室に置いてあった文化祭プログラムを広げ、眺《なが》めていた。クラスごと、部活ごと、有志《ゆうし》……いろんな集まりで、いろんなものが企画《きかく》されている。その告知《こくち》文《ぶん》もそれぞれやる気に溢《あふ》れていて、見ているだけで楽しい。やる方も、きっと楽しんでるんだろうな。

体育館で行われるステージ企画も、劇《げき》・バンド演奏《えんそう》・ダンス……などなど、いろいろあって、カラフルだ。一企画は短くて十五分、長くて四十五分。何か一つくらい、観《み》に行ってもいいかもしれない……

そして、タイムテーブルの中の一コマに、『美男美女コンテスト』も発見する。

高津《たかつ》さんは、今日、どんな想いでこれの運営をするんだろう……

そうして思い出されるのは、やはり、昨日の女子トイレでのこと。

身の毛のよだつような、あの敵意《てきい》。憎悪《ぞうお》……思い出すだに身が竦《すく》みそうになるけど、でも、それだけ由良くんが好きだったってことだろう。好きな人を得たかったったってことで、それだけ彼女は必死だったってことだろう。彼女がしたことは腹立たしいけど、でも、理解《りかい》できなくはない……自分がそう思っていることが、自分でもなんだか意外だった。

……そういえば、由良くんはどうしてこのコンテスト、出たくなかったんだろう。理由、聞いてなかったな。

また「興味《きょうみ》が湧《わ》かなかったから」みたいなことだろうか。フリーダムな人だし。

「あの、訊《き》いてもいい？……」

「んー？」

「どうして、あのコンテスト、出たくなかったの？」

「……どうしてだと思う？」

「興味が湧かなかったから？」

「あー、それもないわけじゃないけど……なんつーか」と、ペンチを動かす手を止める。「なんつーか、その……」

もごもご言いながら、目を泳がせる。

この人でも言《い》い澱《よど》むことがあるんだ。

私は意外に思いながら由良《ゆら》くんの言葉を待った。

「……あのさー」

「うん」

「俺は、外見のこと、あれこれ言われるの嫌《きら》いで」

「けなされてるわけじゃないのに？」

「ちやほやされるのがいやなんだ。すごくいやだ。いやな思い出しかない」

「…………」

「それに、中身を知らないうちに顔のことだけ持ち上げられると、『顔がこれならいいのか』って、『それなら、中身が俺じゃなかったとしても、宛《あたか》でも一緒《いっしょ》なんじゃないの』って、思ってしまう」

「そんなー……」

「そうだな。俺は捻《ひね》くれてるんだ。だから、ヘタに同じ顔してる宛と並《なら》ぶと、違《ちが》いが際立《きわだ》ってしまう。宛はね、人当たりのいい、しっかりした殿方《とのがた》にお育ちになりましたからね」

「でも、宛くんがしっかりしてるのは、由良くんのおかげでしょ」

由良くんの動きがガチッと止まる。

……あれ？

私、ヘンなこと言っちゃったのか、な？……

「だ、だって、そうでしょ。由良くんがいなかったら、宛くんは今の宛くんになってないわけで、つまり、今の宛くんの人間ができているのは、由良くんみたいな弟がいて、良くも悪くも影響《えいきょう》を与《あた》えてるからで……」

由良くんはぎこちなく首を動かし、私を見て、真剣《しんけん》そのものの顔で言った。「目から鱗《うろこ》だ」

「そ、そう？」

「……あのさぁ、初めて見たときから思ってたんだけど」

「はぁ」

「吉野《よしの》って変わってるよ」

「え……由良くんに言われたくない……」

「はは。じゃあお互《たが》いさまだ」由良くんはちらりと腕時計に目をやった。「といったところで、そろそろ始めますか」

「え？」

「シャボン玉。やろう」二つあるぶわぶわくんのうちの一つを私によこし、腰《こし》を浮《う》かしてシャボン玉液《えき》の入ったバケツを引き寄せる。

私は、渡《わた》されたぶわぶわくんの吹出口をシャボン玉液に浸《ひた》し、吹込口に口をつけた。

洗剤《せんざい》のにおい。なんだか懐《なつ》かしい。

「シャボン玉なんて久しぶり」

最後にやったのがいつだったのか思い出せないくらい、久しぶり。

ぶわぶわくんに息を吹きこむと――さすが、シャボン玉大量発生ツール。ぶわぶわっと無数のシャボン玉が溢《あふ》れた。

「すごい！　軽く吹いたのに。高性能《こうせいのう》ね、ぶわぶわくん」

「だろう。むふふ」

それからしばらく、私と由良《ゆら》くんは夢中になってシャボン玉をした。私たちの周囲はたちまち、ぶわぶわくんから吐《は》き出《だ》された大小のシャボン玉で満ちた――確《たし》かにこの場所なら、シャボン玉は上下左右、何に阻《はば》まれることもなく、気儘《きまま》にどこへでも行くことができる。その様子《ようす》が手に取るように分かる。顔を上向けると、高く昇《のぼ》ったシャボン玉の一つ一つが陽光《ようこう》に透《す》けて、表面に虹色《にじいろ》のマーブル模様《もよう》がくるくると踊《おど》る様子が、はっきり見えた。

「すごい、すごい」

身を乗り出して、シャボン玉の密度《みつど》が一番高くなっていそうなあたりを、大きく手で掻《か》いてみた。手応《てごた》えがあるようなないような。肌《はだ》をかすめていく感じがくすぐったい。雲に触《ふ》れるとこんな感じがするのかも。

すると背後《はいご》から「なぁ」と声をかけられた。

振《ふ》り返《かえ》ってみる。

由良くんが、自分のつま先を眺めながら、言った。

「ホントに、美術部、入らない？」

「………」

由良くんの俯《うつむ》きがちな顔を凝視《ぎょうし》する。

じっと見る。

会って以来、初めてこんなにしっかり顔を見た気がする。

この人って、こんな顔してたんだ。

なんだかすごくくっきりとした存在感《そんざいかん》を持つ人のような気がしてきた——

でもそれは、白い陽光に照らされているせいだけではないだろう。

「……私、石膏《せっこう》で頭の型取られたりしたくないの」

俯く由良くんがムスッと渋《しぶ》い顔をしたのを見てから、
私は言い足した。「そんなことしないって約束してくれる？」

由良くんが視線《しせん》を上げた。意味を問うように。

「入部、します。いろいろ、描《か》きたいものがあるから……よろしくね」

彼は渋い顔のまま口の端《はし》を持ち上げて、何やら複雑な笑《え》みを浮《う》かべてみせた。「よろしく」

「……なんか怖《こわ》いなあ」

「超歓迎する」

「うん……」なんだか照れくさくなって私は俯いた。

それからしばらく、二人とも黙《だま》ってぶわぶわくんを吹いていた。

そして、ふと気づいた。

なんだかザワザワしてる。

いや、ザワザワしてるのは文化祭だから当然なんだけど……ちょっと様子《ようす》がおかしい。

下からだ。なんだろう？

私は屋根の縁《へり》に寄り、恐《おそ》る恐《おそ》る下を覗《のぞ》き「……わぁ!?」

「どうした」

「ま、真下……すごく人が寄ってきてる！」

「ふむ。そうか」と特に驚《おどろ》きもせず、由良《ゆら》くんはシャボン玉を吹き続ける。

地上では、この学校の生徒もそうでない一般客《いっぱんきゃく》も混《ま》ぜこぜになって大勢《おおぜい》、一様《いちよう》に顔を上向《うわむ》け、雪のように降《ふ》ってくる大量のシャボン玉を指差し、楽しそうに笑っていた。……そういえば、確《たし》かに、私と由良くん……ちょっと夢中になってシャボン玉してたから、発生量がハンパない感じになってるかも……

「シャボン玉で集まってきちゃったんだわ……どうしよう……」

「いい。計画通りだ」

「えええ？」

私と目が合うと、由良くんはニヤーと笑った。「言ったろ。潰《つぶ》すって」

え？

あ、

……そうか！

さっきまで見ていた文化祭プログラムのタイムテーブルを思い出す。今の時間、丁度《ちょうど》これから、体育館では例の『美男美女コンテスト』が始まろうかというところだ。しかし、私たちの出したシャボン玉のせいで、見た目も明らかにこっちに人が流れてきている。

そういえば、この渡《わた》り廊《ろう》下《か》の真下って……屋《や》台《たい》村《むら》などがあって文化祭期間中最も賑《にぎ》わう生徒玄関前《げんかんまえ》から、ステージ企《き》画《かく》を行う体育館への、最短ルートかも。

「シャボン玉はそう長く漂《ただよ》ってるものじゃないから、三十分構成《こうせい》の一企画が丸ごと潰れるということはないだろうけど、こうまで人が流れてしまっては、出端《でばな》をくじかれることは間《ま》違《ちが》いない。勢《いきお》いとノリ重視《じゅうし》の企画なら、スタートダッシュでコケるのは痛《いた》いはずだぜ。グダグダを後に引いて全体がグダグダになるのを期待したいところだ」

由良くんは頻繁《ひんぱん》に腕時計を見て、ずいぶん時間を気にしてるみたいだった……あれは、このタイミングを計ってたのか。

「わ、ワルい人ね――……」

「むふふふ」

そのとき、由良くんの携帯《けいたい》電話から着信音が。

ダースベーダーのテーマ。

由良《ゆら》くんは弾《はじ》かれたように立ち上がった。「ずらかるぞ」

「え？」

「文化祭実行委員会の連中がここに上がってくる」

「なんでそんなこと分かるの？」

「実行委員会のメンバーの一人に、ちょっと、貸しがあってね……それを帳消《ちょうけ》しにしてやる代わりに、突入《とつにゅう》するとき俺のケータイに一報《いっぽう》入れるよう、言っておいたんだ」

「一報って……今のダースベーダー？」

「そう。実行委員会はゲリラには容赦《ようしゃ》ない」

ゲリラって、私たちのこと？……

まあ、そうか。この行為《こうい》は。

などと考えていると、由良くんが私の腕《うで》をガッと掴《つか》んだ。

「行くぞ！」

私は昨日もそうだったように無理やり立たされ、引《ひ》っ張《ぱ》られるがまま、走った。

由良くんが先に窓《まど》を越《こ》え、校舎三階の廊下《ろうか》に下りる。私も、由良くんの手を借りつつ、窓枠《まどわく》を越えようとして——そこでようやく、自分が今、手に何も持っていないことに気づいた。

「待って！　ごめんなさい！」

「何？」

「ぶわぶわくんを置いてきちゃった！」

「……ああ、ハハッ！　いいよ、置いてけ！　また作ってやる！」

と言いながら屈託《くったく》なく笑う由良くんは、すごく楽しそうで、だから私もつられて笑ってしまって、由良くんが電話で宣言《せんげん》した通り、自分でも驚《おどろ》くほど、この文化祭を目《め》一杯《いっぱい》楽しんでるみたいなのだった。

冬が過ぎ、春が来て、先輩たちは卒業してしまい、私と由良《ゆら》くんは最高学年になった。部長になったのは、もちろん由良くん。でもこの二人で積極的な新入部員勧誘《かんゆう》なんてするはずもないから、新一年生の入部数は寂《さび》しい結果に終わった。頭数を揃《そろ》えるためだけに留《とど》まってもらっている、いわゆる幽霊《ゆうれい》部員たちのおかげで、この美術部はもっているようなものだった。

OBとなった前部長さんが遊びに来てくれたとき、「何年か後にはこの美術部なくなっちゃうんじゃないの」と冗談《じょうだん》めかして言っていたが……もしかしたら冗談では済《す》まなくなるかもしれない。

新しいクラスになってから、私はますます教室に寄り付かなくなった。なんだかあのクラスは、うまく馴染《なじ》めないのだ——まぁ、私がうまく馴染めるクラスなんて今までなかったんだけど、今回は特に。

あの教室にいると、なぜか呼吸《こきゅう》がうまくできなくて、胸苦《むなぐる》しくなる。ジッと座《すわ》っていることさえできない。どうも私は、同年代が多く集まっている場所というのが、理屈《りくつ》抜きで苦手らしい。恐怖《きょうふ》に似《に》た感情を抱《いだ》いてさえいると言ってもいいかもしれない。

とにかく、そんなこんなで私は、保健室登校ならぬ美術室登校を続けていた。ここは——彼のそばは、呼吸がしやすい。何時間でも座って絵を描《か》いていられる。ここにいれば、私は安らかだった。

母は、十月に入ってから退院した。今も定期健診《けんしん》には行ってるけど、基本的に何事もなく、仕事にも復帰して、健《すこ》やかに過ごしている。

父は、あの日以来、私や母の前には姿《すがた》を現していない。


やがて、制服が半袖《はんそで》になった頃《ころ》。

私の髪《かみ》も、だいぶ長くなった頃。

季節が巡《めぐ》り、再《ふたた》び校内が文化祭の気配でそわそわし始める頃。


放課後の美術室で、彼が突然《とつぜん》訊《き》いた。

「どうして花しか描かないんだ？」

私は描いていた水彩画《すいさいが》から顔を上げて、そばに立つ彼を見上げた。

いつものエプロンを着けた彼は、不思議そうな顔で首をかしげていた。

「前から気になってたんだけど、花ばっかり描いてるよな。他のものは描かないのか？」

「…………」

花ばかり描いている、というのは確《たし》かにそうだった。特に深い理由があるわけじゃない。単に、花を描くのが好きだから、花を描きたいから、描いているのだ。それに、一口に花と言っても、花だって千差万別《せんさばんべつ》だ。夾竹桃《きょうちくとう》を描《か》くのとガーベラを描くのとでは、まったく別の技術が必要だ。桜を描くのと牡丹《ぼたん》を描くのとでは、風景画と静物画《せいぶつが》くらいの違《ちが》いがある……と、私は思っている。

しかし、花しか描かぬと頑《かたく》なに決めているわけでもない。

「そうだね……たまには他のものを描こうかな」

「そうだそうだ。描け描け」

「でも、」

この美術部での活動は、基本自由で、各人何を描こうが何を作ろうがご勝手に、という感じだ。そんな風潮《ふうちょう》だからこそ、私はこれまで誰憚《だれはばか》ることなく花の絵オンリーだった。だから、いざとなると悩《なや》んでしまう。花以外で、描きたいもの。思いつかない。何を描けばいいのか。どうしよう。何を描こう……

あ。

すごくいいこと考えた!

「ねぇ、何か描いてほしいものない?」

「え?」

「私、これから、由良《ゆら》くんが描けっていうものを描く」

「何それ」

「まあまあ、いいじゃない。ねえ、何かない？　描いてほしいもの」

「裸婦画《らふが》」

「……分かりました」

「ちょっと待て。冗談《じょうだん》だよ」

笑いながら彼は、長く伸《の》びた私の髪《かみ》を、指で梳《と》かすように撫《な》でた。

「主体性ってもんはないの。俺はこれを描くんだぜー、みたいな」

「だから、由良くんの観《み》たいものが、私が今描きたいもの」

と言われたら、言い返せなくなったらしい。「えー、じゃあ、そうだな……」彼はしばらくの間、「あー」とか「うー」とか唸《うな》って頭を捻《ひね》っていた。

そして言った。「蝶《ちょう》がいいな」

「蝶？」

「うん。吉野《よしの》が描いた蝶を観たい」

蝶。

それはなんだかとてもステキだ。

「分かった！」

すぐに私の頭の中はそのことでいっぱいになった。

私は、晴れ晴れとした気持ちで告《つ》げる。

「見てて」

うん、だから、そう――
花束《はなたば》のような蝶《ちょう》たちを描《か》こう。
いい絵にしよう。
そしてあなたに贈《おく》ろう。お金のかかった大袈裟《おおげさ》な花束の代わりに。
絵は枯《か》れないもの。
それで、あなたが少しでも喜んでくれたら、嬉《うれ》しい。

物グラフ

【夏休み】　この本が出版されるのは真冬である。季節感なくてごめんなさい。夏の暑さを思い出しながら読んでいただければ幸いです。

【数II】　この機会に、高校のときの数学の参考書をン年ぶりに開いてみましたが、暗号の羅《ら》列《れつ》かと思いました。なんという難解《なんかい》。自分もかつては理解《りかい》して解答してたはずなんですが……なんか信じられません。受験生ってすごいな……ホントに、大学受験してる期間って、人生の中でも最も脳《のう》みそ使ってた時期だと思います。

【世界軒《せかいけん》】　ラーメンの好みは個人差が大きいと思うので、メディアや他人の意見は参考程度《ていど》に聞いておいて、自分の舌で自分のお気に入りラーメンを見つけるといいと思います。ちなみに「世界軒」という店名は柴村《しばむら》の創作です。もしかしたら世界のどこかに「世界軒」というラーメン屋さんが存在《そんざい》してたりするかもしれないけど、本作とは関係ありませんのでそこんとこよろしく。

【撫子《なでしこ》の絵】　モデルとなる撫子の絵が存在する。この絵があったからこの話はこうなったと言っても過言ではない。非常《ひじょう》に若い画家さんの作品である。許可《きょか》を取ってないのでお名前は挙《あ》げられないが、一ファンとして陰《かげ》ながら応援《おうえん》しております。

【お化《ば》け屋敷《やしき》】　行きたい。

【ハサミ】　普通《ふつう》のハサミで人間の髪《かみ》の毛切ったりしたらいけませんよ。髪を切るときは散髪《さんぱつ》用《よう》のハサミを使ってね。

【温泉《おんせん》カピバラ】　このキャラクターの食玩《しょくがん》は『フィギュア一体入り。すでに第二シーズンが発売中』『全八種類（＋シークレット一種）・ラムネ菓子《がし》付き』『付属《ふぞく》の解説書《かいせつしょ》にはマニアックな温泉情報が記載《きさい》されている』『カピバラフィギュアの異様《いよう》なまでにリアルな造形が「キモカワイイ」と一部に大ウケ』『由良《ゆら》は、同好の士である囲碁《いご》将棋《しょうぎ》部の神田《かんだ》くんと、ダブリをトレードしたりしている』……などなど、細かい設定《せってい》があったんですが、作中には何一つ活かされなかった（活かしようがない）。ちなみに「温泉カピバラ」というキャラクターは柴村の創作です。もしかしたら世界のどこかに似《に》たような商品や企画物《きかくぶつ》が存在してたりするかもしれないけど、本作とは無関係でございます。

【アーちゃん】　初期稿《こう》ではもっといろいろ喋《しゃべ》ってたんですがずいぶんセリフが少なくなってしまいました。でもこれはこれで。

【杉山《すぎやま》兄弟】　シャボン玉と言えば杉山兄弟！

【謝辞《しゃじ》】

也さん・デザイナーさん・担当《たんとう》編集者さん・各セクション担当者さん
ウィズダム／A田さん・K野先生・N先生
サプライ／T子さん・何気に協力させられてる人々
アドバイス／有川浩さん
そして、この本をお手にとってくださったすべての読者さま。
ありがとうございました！

◉柴村仁著作リスト

「我が家のお稲荷さま。」（電撃文庫）
「我が家のお稲荷さま。②」（同）
「我が家のお稲荷さま。③」（同）
「我が家のお稲荷さま。④」（同）
「我が家のお稲荷さま。⑤」（同）
「我が家のお稲荷さま。⑥」（同）
「我が家のお稲荷さま。⑦」（同）
「E. a. G.」（同）
「ぜふぁがるど」（同）

本書に対するご意見、ご感想をお寄せください。

■

あて先

〒160-8326 東京都新宿区西新宿4-34-7
アスキー・メディアワークス電撃文庫編集部
「柴村仁先生」係
「也先生」係

■

電撃文庫

プシュケの涙《なみだ》

柴村《しばむら》 仁《じん》

発行 二〇〇九年一月十日 初版発行

発行者 髙野 潔

発行所 株式会社アスキー・メディアワークス
〒一六〇-八三二六 東京都新宿区西新宿四-三十四-七
電話〇三-六八六六-七三一一（編集）

発売元 株式会社角川グループパブリッシング
〒一〇二-八一七七 東京都千代田区富士見二-十三-三
電話〇三-三二三八-八六〇五（営業）

装丁者 荻窪裕司（META＋MANIERA）

印刷・製本 加藤製版印刷株式会社

ISBN978-4-04-867467-6 C0193

電撃文庫創刊に際して

文庫は、我が国にとどまらず、世界の書籍の流れのなかで〝小さな巨人〟としての地位を築いてきた。古今東西の名著を、廉価で手に入りやすい形で提供してきたからこそ、人は文庫を自分の師として、また青春の想い出として、語りついできたのである。

その源を、文化的にはドイツのレクラム文庫に求めるにせよ、規模の上でイギリスのペンギンブックスに求めるにせよ、いま文庫は知識人の層の多様化に従って、ますますその意義を大きくしていると言ってよい。

文庫出版の意味するものは、激動の現代のみならず将来にわたって、大きくなることはあっても、小さくなることはないだろう。

「電撃文庫」は、そのように多様化した対象に応え、歴史に耐えうる作品を収録するのはもちろん、新しい世紀を迎えるにあたって、既成の枠をこえる新鮮で強烈なアイ・オープナーたりたい。

その特異さ故に、この存在は、かつて文庫がはじめて出版世界に登場したときと、同じ戸惑いを読書人に与えるかもしれない。

しかし、〈Changing Times,Changing Publishing〉時代は変わって、出版も変わる。時を重ねるなかで、精神の糧として、心の一隅を占めるものとして、次なる文化の担い手の若者たちに確かな評価を得られると信じて、ここに「電撃文庫」を出版する。

1993年6月10日
角川歴彦